AF497057

Clara Lebarton

LE CŒUR OUVERT :

Délia

Histoire vécue

Éditions Verge-d'Or

Le cœur ouvert : Délia
Par : Clara Lebarton

Tous droits de traduction et d'adaptation réservés; toute reproduction d'un extrait quelconque de ce livre par quelque procédé que ce soit, et notamment par photocopie, microfilm ou numérisation est strictement interdite sans l'autorisation écrite de l'auteure et de l'éditeur. La reproduction sans autorisation de cette publication sera considérée comme une violation du droit d'auteur.

Copyright © 2023, Éditions Verge-d'Or

Sainte-Agathe-des-Monts, Québec
J8C 1A8
Canada
Courriel : info@editions-verge-dor.com

Tous droits réservés

Dépôt légal : 1er trimestre 2023
Bibliothèque et Archives nationales du Québec
Bibliothèque et Archives Canada

ISBN : 978-2-924818-50-3

Nous permettre la Vie et connaître la Joie. Toujours garder en vue et dans nos pensées, nos désirs et nos rêves, nous laisser guider par eux, les voir devant nous et croire avec certitude à leur réalisation. En même temps, nous rappeler qui on est et ressentir en nos cœurs la gratitude pour tout ce que l'on a et ce que l'on souhaite ardemment pour nous et ceux que l'on aime.

C.L.

1.

— C'en est assez! Je n'en peux plus. Depuis le départ de Stéphane, je tourne en rond. Je ne sais plus quoi faire de ma vie. C'est comme si je n'existais plus. Sans lui, je ne suis rien. J'ai vécu ces huit années avec lui comme dans un rêve. Je lui ai tout donné. En fait, je me suis donnée complètement à lui et je me retrouve aujourd'hui devant rien. Heureusement que j'ai mon travail à l'hôpital. Autrement, je n'ose même pas imaginer ce qui adviendrait de moi. J'ai peur de devenir folle à force d'y penser.

Julia se mit à sangloter bruyamment. Elle était au bout du rouleau. Annie essayait bien de lui remonter le moral depuis que Stéphane l'avait laissée, il y avait maintenant trois semaines, mais rien n'y faisait. Elle semblait s'engouffrer dans le noir du désespoir.

— Calme-toi Julia. Tu n'es pas seule. Je suis avec toi, lui dit Annie.

— Tu ne peux pas comprendre, lui répondit Julia.

— J'essaie de t'aider comme je peux Julia. Tu dois dormir un peu. Tu es fatiguée. Tes yeux sont bouffis et cernés.

— Je ne peux pas dormir. Je ne fais que penser à lui et à ce qu'il m'a fait. Pourquoi ne m'a-t-il pas dit qu'il avait une liaison avec une autre? dit-elle en se mordillant les lèvres comme elle en avait l'habitude lorsqu'elle était stressée.

— Probablement parce qu'il avait peur de ta réaction Julia.

Julia, nue dans sa robe de chambre bleu pâle, marchait de long en large dans son salon, en crise. Elle repassait dans sa tête toutes les soirées pendant lesquelles Stéphane l'avait délaissée, et c'était arrivé si souvent depuis les deux derniers mois. Elle l'avait cru lorsqu'il lui disait qu'il faisait du temps supplémentaire pour son travail ou qu'il sortait prendre un verre avec Michel, son meilleur ami. Il était sûrement de connivence avec lui.

Elle pensait aussi aux fois qu'elle voulait faire

l'amour et qu'il lui répondait la plupart du temps qu'il était trop fatigué. Maintenant, elle ressentait tellement de haine pour lui qu'elle l'aurait frappé s'il avait été devant elle. Elle souhaitait bien le revoir pour se défouler et l'engueuler.

Annie la regardait faire les cent pas et priait pour qu'elle se calme. Elle essayait d'amener la conversation sur d'autres sujets pour la distraire, mais rien n'y faisait. Puis elle lui proposa de lui faire couler un bon bain chaud. Julia accepta. Elle s'étendit dans son bain et ferma les yeux. Elle commença à se détendre.

— Julia, as-tu du vin blanc dans ton frigo? lui demanda Annie.

— Oui, j'ai un Sauvignon blanc, répondit-elle.

Annie ouvrit la bouteille et en versa dans deux coupes. Elle en apporta une à Julia et s'assit près d'elle. Julia but le vin sans vraiment le savourer. Puis Annie en profita pour l'inviter :

— Veux-tu venir avec moi voir un show de Martin Matte la semaine prochaine? Ma mère m'a donné deux billets et il est super bon.

— Ça ne me tente pas Annie. Peut-être une autre fois.

Il était près de minuit. Elles travaillaient toutes deux le lendemain. Annie mit son manteau et Julia lui demanda :

— Annie, viendrais-tu magasiner avec moi samedi après-midi? Ça me ferait du bien de m'acheter quelque chose de neuf.

— Mais oui. Où veux-tu aller?

— J'aimerais aller au centre-ville pour m'acheter une nouvelle paire de jeans.

— Dac. Ça te va si je passe te prendre chez toi vers 13h30?

— Oui. OK, salut! À samedi, répondit Julia.

Et Annie s'approcha de Julia pour lui faire la bise et lui souhaiter une bonne nuit. Elle était très peinée de voir sa meilleure amie dans cet état. Elle ne l'avait jamais vue ainsi. Elle se sentait vraiment impuissante et souhaitait ardemment que Julia se reprenne en mains, et vite.

Julia, où en es-tu dans ta vie? Regarde ta vie. Ce dont tu te souviens. Regarde ton enfance. Rappelle-toi cette étape de ta vie. Te souviens-tu comme tu étais enjouée, spontanée, énergique, amoureuse de tout et de tous, Souviens-toi de l'amour que te portait ta mère, des soins qu'elle te prodiguait, affectueusement. Rappelle-toi de ton père. De combien il t'aimait. Te souviens-tu de toute l'attention qu'ils te portaient sans cesse, des jeux qu'ils inventaient pour toi, des contes qu'ils te lisaient à ton coucher?

Et ton adolescence? Te souviens-tu de tes rébellions? Tes parents ne t'en voulaient pas pour ça, même que ça les amusait un peu. Déjà, ils voyaient grandir la jeune femme déterminée et ambitieuse que tu es devenue quelques années plus tard. Tu étais curieuse de tout. Tout t'émerveillait. C'est à ce moment que tu as choisi de te consacrer à la santé et de devenir infirmière. Tu rêvais d'aider les gens malades. Tu pensais même travailler au sein d'organismes humanitaires. Tu rêvais... Oui, tu rêvais... Tu étais remplie d'amour pour la vie. Tu vivais la vie. En fait, tu n'y pensais même pas. Tu étais et c'était tout. Il n'y avait rien d'autre à rajouter.

C'est l'heure du bilan Julia. Rêves-tu encore? À quoi? Sinon, quels étaient tes rêves de jeunesse? T'en souviens-tu? Quels étaient tes goûts, tes intérêts, tes dons, tes habiletés? Les as-tu développés? Où en es-tu? Pourquoi as-tu abandonné ces rêves qui étaient si chers à ton coeur? Qui es-tu devenue? Sais-tu même ce que tu aimes? Sais-tu ce que tu veux? Ce que tu ne veux pas? Et comment sont tes relations? As-tu des amis que tu aimes? Es-tu heureuse? Sens-tu un vide? Te sens-tu seule? Abandonnée? Souffres-tu? Es-tu triste? Respectée? Admirée? Tendre? Terrorisée? Nostalgique? Ambitieuse? Joyeuse? Malade? Quelles sont tes peurs? Tes regrets? Tes culpabilités? Tes haines? Tes rancunes? Es-tu forte? Fière de toi? Honteuse? Confiante? Démolie? Résignée? Amoureuse? Digne? Joyeuse? Lumineuse?

Fais ton bilan Julia. *

2.

— Comment me trouves-tu Annie?

— Super Julia! Il est parfait! T'es vraiment sexy!

Julia venait d'enfiler un jean qui lui allait comme un gant, galbant ses longues jambes, la partie de son corps qu'elle aimait le plus. Elle s'était fait dire très souvent par des hommes et même des femmes qu'elle avait de superbes jambes.

— Parfait, je le prends, dit Julia à la vendeuse.

— Veux-tu regarder pour autre chose Julia?

— Non, je vais passer à la caisse.

Julia était un peu maussade quand Annie l'avait rejointe chez elle en début d'après-midi mais là, sa bonne humeur était revenue. Elles entrèrent dans un bistro pour prendre une bouchée et discuter tranquillement. Julia et Annie étaient amies depuis le début du secondaire. Elles étaient très liées et se racontaient tout.

Annie était aussi infirmière, à l'Hôpital Maisonneuve-Rosemont, tandis que Julia travaillait au Jewish. Toutes les deux adoraient leur travail et se racontaient souvent leurs journées. Annie était mariée avec Justin depuis maintenant cinq ans. Ils étaient toujours très amoureux l'un de l'autre.

Durant la dernière année, Annie s'était bien rendue compte que le couple que formaient Julia et Stéphane battait de l'aile. Elle avait remarqué que Stéphane manquait souvent de respect à Julia lorsqu'ils étaient entre amis. Elle imaginait facilement de quelle façon il devait la traiter en privé. Annie avait bien tenté d'en parler avec Julia, mais elle changeait toujours de sujet et ne voulait rien entendre. Son Stéphane était parfait.

Mais la vérité était que Julia avait été très blessée dans sa dignité par les comportements de Stéphane, surtout depuis les deux dernières années. Mais elle l'aimait et l'admirait sans failles, jusqu'au jour où il lui apprit qu'il la quittait, en lui disant qu'il ne l'aimait plus et qu'il partait avec une autre femme.

Julia remettait rarement sa situation de vie ou

elle-même en question. Elle ne tenait compte ni des faits, ni de ses intuitions. On peut dire qu'en ce qui la concernait, elle vivotait. Elle était comme « accro » de Stéphane et c'était tout. Après huit ans, ils n'avaient pas d'enfants, avaient peu de projets et vivaient plutôt au jour le jour. D'ailleurs, les parents de Julia étaient d'avis, depuis le début de sa relation avec Stéphane, qu'il n'était pas un gars pour elle et n'avait pas d'avenir. Mais tout cela était maintenant chose du passé et Julia ne voyait toujours pas clair dans tout cela.

— Julia, si tu devais entamer une nouvelle relation avec un autre homme, comment voudrais-tu qu'elle soit? lui demanda Annie.

— Je n'en suis pas là et c'est une question à laquelle je n'ai même pas envie de répondre.

— Mais Julia, c'est important d'analyser ce qui s'est passé et ce qui a fait que ça n'a pas marché avec Stéphane, tu ne crois pas? Regarde-toi!

— Ce n'est pas compliqué Annie. Je n'étais pas assez comme ci, pas assez comme ça, je n'étais pas assez bonne, pas assez belle, trop ceci et trop cela!

— Ah parce que tu penses que c'est de ta faute en plus? Mis à part les commentaires dégradants qu'il te faisait, toi, Julia, qu'en penses-tu?

— Je ne sais pas. Je suis mêlée. J'entends encore ses reproches...

— Tu sais, ce n'est pas parce qu'il te faisait constamment des reproches qu'il avait raison. Es-tu d'accord avec moi?

— Oui, mais...

— Toi, tu étais comment avec lui?

— Je chialais souvent, tu sais.

Et Julia se mit à pleurer.

— Ne te blâme pas Julia. Tu vas devoir accepter ce qui t'arrive. Je sais que c'est facile à dire mais j'aimerais tant t'aider.

— Pour le moment, j'ai de la peine et en plus, je me sens comme un tas de merde. Je ne peux pas croire que je me retrouve dans cette situation. Je n'ai plus d'estime de moi-même et j'ai honte de m'être laissée traiter comme ça toutes ces années. Je ne suis vraiment pas fière de moi.

— Penses-tu que ça t'aiderait de consulter quelqu'un, de te faire aider par un professionnel?

— Non, non, non. Pas question. Je vais m'en sortir toute seule. Je dois me ramasser, je suis en miettes.

— Veux-tu venir souper avec Justin et moi ce soir, ça te changera les idées?

— Non. Je préfère être seule. Je vais me faire couler un bain et me détendre. J'ai besoin d'une bonne nuit de sommeil. Je te remercie quand même Annie.

Et Annie raccompagna Julia chez elle.

Assez tard, Julia se glissa dans un bon bain chaud. Elle ferma les yeux et, lentement, se vida l'esprit en ne pensant plus à rien. Elle atteignit vite un bien-être rassurant. C'était la première fois en trois semaines qu'elle réussissait vraiment à se détendre. Julia se dirigea directement vers son grand lit après s'être rapidement séchée. Elle s'étendit et s'endormit profondément.

Julia, belle Julia! La vie est si merveilleuse! Où t'es-tu perdue? Cherche au creux de toi avec moi. Tu t'es oubliée depuis bien des années. Tu avais tellement besoin d'être aimée, d'être appréciée par tout le monde autour de toi que tout faire pour plaire était devenu ton but premier, ton obsession. Tu sais, il est important de te connaître : ta valeur, tes talents, tes qualités, tes aspirations, tes rêves. Tu es beaucoup plus que tu ne peux l'imaginer. Beaucoup de gens, comme toi, sont détachés d'eux-mêmes et sont dépendants de l'amour et de l'appréciation des autres. Malheureusement, ils sont aussi, comme toi, trop souvent déçus et malheureux. Tu vas au gré du vent. Ressaisis-toi! Retrouve-toi, retrouve ton cœur d'enfant et recherche ce qui est vrai. L'amour véritable se trouve à l'intérieur de toi. Aime la vie dans ton cœur et tu ne seras jamais déçue.

Julia, tourne-toi vers l'intérieur. Reviens vers ton cœur. Entre. N'aie pas peur. C'est chez toi. Ainsi, tu pourras te connaître vraiment, intimement. Tu pourras, avec le temps, retrouver tout ce que tu es et as toujours été. C'est l'endroit le plus sûr pour arriver à trouver la paix. Tu ne sais pas à quel point tu es riche.

Tout est possible, retrouve tes rêves. *

3.

— Maxime, attends-moi, je viens avec toi.

— Je préférerais y aller seul, dit-il à sa femme Lou.

— Ah oui? Et pourquoi?

— On sera que des gars. C'est un souper de gars.

— Bon OK. Tu penses rentrer à quelle heure?

— Oh, pas très tard. Je dois me lever tôt demain.

— Bon, je ne t'attendrai pas. Essaie de ne pas me réveiller si tu rentres et que je dors, OK?

— OK. Tu me donnes mon bisou Lou?

— Mmm...! Je t'aime!

— Moi aussi, A +!

Lou savait bien qu'il rentrerait tard. Quand il sortait avec ses *chums*, c'était toujours le cas. Lou et Maxime s'aimaient beaucoup. Ils étaient en couple depuis quelques années déjà. Maxime était en affaires en télécom et sa compagnie se développait bien. Il avait trimé dur pour en arriver là où il était, à son âge. Il n'avait que 37 ans et était déjà millionnaire. Lou en avait 35 et occupait un poste important dans une boîte de relations publiques bien connue.

Ils songeaient maintenant sérieusement à faire un premier enfant. Jusqu'à présent, ils s'étaient tous les deux dévoués à leur carrière. Ils vivaient dans un luxueux condo à Westmount depuis deux ans maintenant. Ils avaient peu de temps à passer ensemble car leurs agendas étaient bien remplis. Ils se demandaient comment ils arriveraient à élever des enfants avec ce rythme de vie effréné.

La seule ombre au tableau était qu'ils étaient tous les deux alcooliques et Maxime s'en inquiétait parfois. Il arrivait de plus en plus souvent qu'ils rentraient éméchés. Maxime en avait parlé avec Lou afin de changer leur style de vie et diminuer leur consommation, mais la situation n'avait pas vraiment changé.

Après le départ de Maxime, Lou s'était installée devant la télé avec sa bouteille de vin pour regarder des téléromans. Elle décida ensuite de lire au lit et le téléphone sonna.

— Êtes-vous Mme Lou Watson?

— Oui, c'est moi.

— Mme Watson, je vous appelle de l'urgence du CHUM, êtes-vous bien l'épouse de Maxime Jutras?

Le cœur de Lou se mit à battre à tout rompre dans sa poitrine.

— Oui. Que lui est-il arrivé?

— M. Jutras a eu un accident et a été transporté d'urgence à notre hôpital. C'est grave. Il a subi un traumatisme crânien. Il est dans le coma.

— Je viens tout de suite. Où se trouve-t-il?

— Il est aux soins intensifs. Nous vous attendons.

Lou s'habilla rapidement et sauta dans sa voiture. Elle roula vite jusqu'à l'hôpital, sur les nerfs.

À son arrivée à l'urgence, elle vit Maxime de loin, étendu sur une civière, très mal en point. Il avait des tubes à plusieurs endroits et un policier se trouvait tout près d'elle. Elle se dirigea tout de suite vers Maxime et fondit en larmes. Puis le policier, l'ayant suivie, lui demanda :

— Êtes-vous l'épouse de M. Jutras?

— Oui. Pouvez-vous m'expliquer ce qui s'est passé? lui demanda-t-elle entre deux sanglots?

— Eh bien, nous avons deux témoins qui nous ont dit avoir vu le véhicule de M. Jutras prendre le ravin. Il semble qu'il roulait très vite et qu'il ait perdu le contrôle de sa voiture.

— Monsieur l'agent, j'aimerais rester seule près de mon mari.

Lou prit la main de Maxime. Il ne semblait plus là, dans ce corps. Le médecin responsable de Maxime, le docteur Legault, s'approcha.

— Vous êtes Mme Watson?

— Oui.

— Je suis docteur Legault. Je m'occupe de votre mari.

Lou se remit à pleurer. Le docteur Legault la prit par le bras et l'attira à l'écart.

— Mme Watson, je suis désolé. Nous devons opérer votre mari dans les prochaines minutes et nous avons besoin de votre consentement. Votre mari a subi un traumatisme crânien. Il fait une hémorragie interne. Nous lui avons fait un scanner et avons diagnostiqué un hématome extradural.

— Je suis d'accord. Quelles sont ses chances de survie docteur? lui demanda-t-elle.

— C'est difficile à dire. Nous avons de bonnes chances de le sauver, mais nous ne pouvons vous confirmer à ce stade-ci qu'il n'y aura pas de séquelles. Il est trop tôt pour le dire. Mais gardez espoir, il peut aussi s'en sortir sans séquelles. Pouvez-vous appeler l'un de vos proches pour vous accompagner?

— Oui, bien sûr. Combien de temps durera l'opération? Dans combien de temps saurais-je si...

— Dans environ trois heures.

— Merci docteur.

Lou téléphona à sa sœur Mélissa pour lui demander de venir la rejoindre à l'hôpital. Mélissa la rejoignit une heure plus tard. Lou s'effondra dans ses bras. Mélissa, très peinée, s'assit avec elle pour la consoler. Le temps semblait s'écouler très lentement pour Lou. Elle ne cessait de regarder l'horloge sur le mur vert et froid. Elle n'osait même pas imaginer sa vie si Maxime venait à ne pas passer au travers. Elle qui n'était pas croyante, se mit à prier de tout son cœur. Prier qui? Elle ne le savait pas. Mais ce qu'elle savait, c'est qu'elle n'avait aucun pouvoir sur la vie de son amoureux. En fait, Lou priait le créateur qui avait donné la vie à Maxime. Il devait bien y avoir une force suprême, oui un créateur.

Mélissa apporta un café à Lou qui faisait maintenant les cents pas dans la salle d'attente. Deux heures trente passèrent et pas de nouvelles. Elle s'assit la tête entre les mains, le cœur battant à tout rompre quand le médecin s'approcha d'elle, calme et souriant.

— Mme Jutras, j'ai de bonnes nouvelles pour vous. Vous allez bientôt pouvoir rejoindre votre époux. Informez-vous au comptoir pour le numéro de chambre. Il y sera transporté sous peu. Il est hors de danger. L'opération s'est bien déroulée. Quant aux séquelles, nous pourrons nous prononcer dans les heures ou les jours qui vont suivre. Nous le surveillons et lui donnons tous les soins dont il a besoin.

Les larmes coulaient sur les joues de Lou et de Mélissa. Lou remercia de tout son cœur.

— Merci docteur. Vous êtes sûr que tout va pour le mieux?

— Absolument. Restez confiante Mme Jutras.

Elle courut dans le corridor vers le comptoir des infirmières pour demander le numéro de chambre de Maxime.

— Il sera bientôt transporté dans la chambre 808 au bout du corridor, à droite. Il est encore inconscient mais son état est stable, lui répondit une infirmière. Une autre s'approcha.

— Vous devez être Mme Jutras?

— Oui, répondit Julia en se retournant.

— Je suis Judith, son infirmière. Je suis là si vous avez besoin de quelque chose.

— Merci beaucoup.

Mélissa prit Lou par le bras et elles se dirigèrent toutes deux vers la chambre de Maxime. Effectivement, il n'était pas encore arrivé. Elles patientèrent une bonne vingtaine de minutes et virent apparaître Maxime, la tête bandée, inconscient. On le transféra de lit et les infirmières le branchèrent à différents appareils. Lou pleurait toujours et aussitôt les infirmières sorties, elle s'approcha de Maxime, lui prit la main et la serra très fort, espérant susciter une réaction de sa part. Mais il resta immobile. Lou lui donna un baiser sur la joue et ne cessa de le regarder pendant l'heure qui suivit.

Il était maintenant cinq heures du matin et Mélissa proposa à Lou de rentrer chez elle pour se reposer un peu.

— Il n'en est pas question Mélissa. Je reste avec lui. Je ne veux pas le quitter. Je veux être là s'il revient à lui.

— D'accord, alors je vais rester avec toi.

La journée passa sans que Maxime manifeste un quelconque signe de reprise de conscience. Puis, vers 17h30, il bougea les doigts de sa main gauche que Lou tenait dans sa main. Lou s'excita et sonna l'infirmière.

— Garde, je lui tenais la main et il a bougé ses doigts, ceux de la main gauche.

L'infirmière Judith vérifia les appareils et examina Maxime. Elle s'adressa à Maxime pour savoir s'il l'entendait. Doucement, Maxime ouvrit les yeux. Il semblait égaré et cherchait le regard de quelqu'un qu'il connaissait. Il aperçut Lou et son visage se décrispa un peu. Lou lui caressa la main et lui parla pour lui dire que tout allait bien et pour le rassurer.

— Maxime, mon amour, c'est moi, Lou. Me reconnais-tu?

Elle espérait tant une réponse de sa part, mais Maxime grimaçait de douleur.

—Lou..., dit-il ensuite d'une voix faible.

Et des larmes coulèrent de ses yeux.

L'infirmière Judith revint dans la chambre avec le docteur Legault. Ce dernier vérifia les signes vitaux de Maxime, le fit bouger et rassura Lou en lui disant que tout se déroulait bien, mais qu'il devait procéder à d'autres tests le lendemain pour vérifier son état. Il lui recommanda d'aller se reposer et que de toute façon, Maxime avait aussi besoin de repos. Il dit à Lou qu'elle pouvait retourner chez elle et qu'à première vue, les signes vitaux de Maxime étaient satisfaisants. Elle pourrait revenir le lendemain après les tests si elle le souhaitait et il serait alors en mesure de lui confirmer l'état de Maxime.

Lou accepta et confirma au médecin qu'elle serait là le lendemain en début d'après-midi. Le docteur Legault lui avait mentionné qu'il faisait généralement la tournée de ses patients un peu avant cinq heures.

— Chéri, as-tu besoin de quelque chose?

demanda-t-elle à Maxime.

— Non, dit-il en lui serrant la main le plus fort qu'il pouvait.

— Je vais revenir te voir demain après-midi Maxime. Ils vont te faire passer des tests demain matin et on aura les résultats en fin de journée. Tout va bien aller mon amour. Je t'aime.

Lou l'embrassa sur la bouche et sentit ses lèvres.

— Ne t'en fais pas mon amour. Tout ira bien. Repose-toi. Je reviendrai demain.

Maxime ferma les yeux et s'endormit.

Sais-tu Maxime pourquoi les gens développent une dépendance? C'est parce qu'ils souffrent. Ils souffrent d'un vide intérieur, d'un manque d'amour pour eux-mêmes. Ils refusent d'accepter les grandes difficultés de la vie et cessent graduellement de vivre. Cette souffrance les empêche d'être heureux. Il n'y a plus de joie à l'intérieur d'eux qui jaillit. Ils consomment pour se donner un répit, pour ne plus ressentir cette douleur, ce mal-être qui les habite, ce manque d'amour de soi. Ils se servent de l'alcool, de la nourriture et d'autres dépendances comme béquille pour les aider à vivre leur vie, sans vie. Mais le lendemain, rien n'est réglé. Le plus gros problème c'est que plus ils boivent, plus leur corps s'habitue, et plus ils doivent boire pour geler leur peine et continuer à survivre. Je dis bien survivre.

C'est la même chose pour toutes les dépendances. Les gens abusent parce qu'ils ont graduellement cessé de ressentir de la joie, du bien-être et d'être naturels. À cause de la douleur qu'ils n'ont pas acceptée et transformée et un manque de courage et de confiance en la vie, ils ont honte d'avoir cessé de s'aimer. Ils ont refoulé leurs émotions, leurs sentiments. Ils se sont abandonnés et coupés de leur être, de ce qui les tient en vie. Et un jour, lorsqu'ils n'en peuvent plus, ils ne savent plus comment faire pour s'en sortir. Leur cœur est enfermé, emprisonné, enseveli en-dessous de tout cela. Ils respirent à peine et ne peuvent plus s'aimer, ni aimer. Au-delà des émotions et sentiments refoulés, la souffrance devenue maître les possède.

Maxime, tu n'as pas suffisamment entretenu la vie dans ton cœur, ce que tu es vraiment, ton essence, pour toutes sortes de raisons : pour être aimé et apprécié, admiré par l'extérieur ou parce que tu as fui devant les situations de ta vie que tu jugeais trop difficiles et que tu n'as pas acceptées ou que tu n'as pas décidé de changer, par manque d'amour-propre et de loyauté envers toi-même. Mais vois-tu, le cœur — ton être, ton âme — pour vivre, s'exprimer et être heureux à travers toi, a besoin que tu le regardes tous les jours. Connais-le, aime-le, remercie-le pour sa présence lumineuse. C'est TON cœur tu sais. Il est lumière et plus tu l'aimes, plus il dégage l'amour et brille. Ce cœur t'appartient et plus tu lui permets de briller, plus tu es heureux.

Mais ce n'est pas si simple, je sais. Heureusement, il y a la vie qui n'arrête pas et qui t'aide, partout et dans tout et qui file sans fin, beaucoup plus vite que le temps. Il n'en tient qu'à toi de la suivre, dans chacun de tes instants. *

Maxime, secoué, se demanda d'où venaient ces pensées. Elles n'étaient pas siennes.

4.

Julia commençait à aller mieux. Annie l'avait revue à quelques reprises et elle était très contente de la voir sourire à nouveau. Elles devaient se rencontrer au restaurant le soir-même et aller voir le dernier film de Xavier Dolan. Elles aimaient beaucoup ses films.

Elles se firent l'accolade sur la rue et entrèrent chez Alexandre sur Peel, un café parisien qu'elles adoraient. Elles se racontèrent leur journée de travail et tout à coup, Julia demanda :

— Annie, j'aimerais faire une croisière dans la Méditerranée. J'en ai trouvé une qui m'intéresse beaucoup. Elle comprend l'Italie, la Grèce et Monténégro. J'aimerais beaucoup y aller avec toi. Qu'est-ce que t'en dis?

— Wow! Tu me surprends! Toi qui ne voyage pas souvent! Quand voudrais-tu partir?

— Il y a des départs toutes les semaines pendant les mois d'été.

— Et la croisière dure combien de temps?

— Huit jours. On se rend au port de Venise en Italie. Ce n'est pas trop cher. On peut s'en sortir avec 700-800 euros pour la croisière, plus les billets d'avion.

— Je ne m'attendais pas à ça. Mmm... Oui, ça me tente. Ce n'est pas trop long huit jours. Je pense que je pourrais prendre une dizaine de jours de congé.

— Penses-tu que Justin va te laisser partir?

— Mais oui. Je ne vois pas pourquoi il ne serait pas d'accord. Je le laisse bien partir avec ses amis... Quelle semaine aimerais-tu partir parce que je dois vérifier avec l'hôpital?

— Dans un mois si c'est possible pour toi. Moi, j'ai vérifié et je peux m'absenter. J'ai pensé à l'embarquement à Venise prévu pour le 10 juillet et on revient par Venise le 17. Est-ce que ça te va?

— Oui. Je n'ai rien de prévu dans cette période-là. Mais il faudrait vérifier les vols aller-retour pour Montréal-Venise.

— Ça je m'en charge Annie. Je vais vérifier et je t'envoie les heures et le coût.

— Super! Ouf! J'en parle dès demain matin à mon patron. J'espère que ça va être possible.

— OK. Tiens-moi au courant.

Julia et Annie trinquèrent à leur voyage ensemble. Elles adoraient ce restaurant. L'ambiance y était très agréable. Le repas fut bientôt terminé. Elles réglèrent leur facture et quittèrent pour se rendre au cinéma voir le film *Indochine – College Boy*. C'était un court-métrage.

Julia aimait toujours sortir avec son amie Annie. Elles vivaient une amitié que bien des femmes auraient pu envier. Elles étaient très proches, se connaissaient et se comprenaient tellement bien. Ce soir-là, elles rentrèrent chez elles plus que satisfaites de leur soirée.

** Comment va ta vie Julia? Es-tu heureuse? Es-tu comblée? Qu'est-ce qui te manque?*

— Mais d'où viennent ces mots? dit soudainement Julia.

— Bonjour Julia! Je suis Délia.

Julia se trouvait dans un jardin merveilleux, rempli d'arbres matures, de fleurs magnifiques, parfumées et colorées, dont elle ne connaissait pas le nom. Le ciel était d'un bleu clair et le soleil brillait et envoyait entre les arbres ses puissants rayons. Elle put ensuite distinguer une allée parsemée de ce qui lui semblait être des rosiers de couleurs variées. Puis elle reconnut lys et orchidées. Le sentier était habité d'oiseaux qui étaient là pour l'accueillir et la guider sur ce chemin. Leur chant était doux et incitait Julia à explorer ce lieu d'une grande beauté. Elle se sentait si bien dans cet endroit paisible.

Puis, tout à coup, Julia distingua devant elle ce qui lui sembla être une petite fée. Comme celles qu'elle avait vues dans les contes qu'elle lisait lorsqu'elle était enfant. La fée mesurait environ 30 centimètres, avec des ailes lumineuses et bleutées. Sa chevelure était longue et blonde. Julia fut subjuguée par ce qu'elle voyait. Elle demanda :

— Mais qui êtes-vous?

— Je suis Délia, répéta-t-elle.

Julia ne vit pas la fée lui parler, mais ses mots étaient plutôt soufflés dans sa pensée.

— Mais où suis-je?

— Chère Julia, tu es dans mon monde. N'est-ce pas merveilleux? N'aie pas peur. Tu es en sécurité. Tu es venue dans mon monde à deux reprises déjà et, tu es ici

parce que tu me l'as demandé.

— Mais où suis-je donc? demanda Julia.

— Tu es dans un monde, une autre dimension. C'est le monde de Leitie. C'est le monde des petites fées.

— Et pourquoi est-ce que je suis venue ici?

— Parce que tu désires que je t'aide.

— Et m'aider à quoi?

— À être plus heureuse, belle Julia.

— Et comment allez-vous faire ça?

— Je ne ferai rien du tout. Tu feras ce qu'il faut Julia. Je suis là pour t'éveiller, te faire évoluer et te rendre plus consciente. Mais c'est toi qui choisis. Tu es le maître de ta vie. Une partie de toi m'a demandé de t'aider à voir plus clair dans ta vie.

— Es-tu heureuse Julia?

— Non, pas vraiment. Avez-vous des pouvoirs magiques?

— Oui. J'en ai certains. Comme par exemple de voyager dans les différents mondes, les différentes dimensions.

— *Et où est cette dimension dans laquelle tu te trouves?*

— *Elle n'est pas visible pour toi qui es humaine lorsque tu es éveillée, car votre dimension ne permet pas de voir les autres mondes, à moins de développer certains dons.*

— *Viens-tu d'une autre planète?*

— *Oui, une planète très éloignée dans une autre galaxie et je peux être dans différents mondes simultanément, car je suis un être multiple. La Leitie est un endroit merveilleux et j'ai la permission d'y amener les êtres qui désirent évoluer.*

— *Comment est-ce possible?*

— *Je sais Julia. Cela peut te paraître incompréhensible, mais c'est la réalité. Tu t'es toi-même transportée dans mon monde pendant ton sommeil. Tu es en rêve présentement. En as-tu conscience?*

— *Mais est-ce que je vais me rappeler de tout cela à mon réveil?*

— *Si tu le veux, si tu n'as pas peur. Si tu es ouverte, oui. Tu vas repartir bientôt Julia. Ton rêve prend fin. Nous nous reverrons.*

— *Mais... **

Le réveille-matin de Julia sonna à tout rompre et elle sortit de son sommeil, fraîche et dispose, mais ne se souvenant de rien.

5.

Docteur Legault entra dans la chambre de Maxime, souriant. Lou s'y trouvait déjà. Il les salua rapidement.

— Eh bien, j'ai de bonnes nouvelles pour vous Maxime. Vous allez pouvoir nous quitter très bientôt. Les résultats de vos tests sont presque normaux. Vous vous remettez bien de votre opération.

— Quand pensez-vous qu'il pourra quitter docteur? demanda Lou.

— Probablement après-demain. Je vous confirmerai demain. Mais vous aurez six semaines de convalescence Maxime. Vous m'avez dit que vous avez votre entreprise, mais vous devrez réduire vos activités au minimum pendant au moins un mois. Et je vous reverrai à ma clinique pour vérifier si tout va bien.

— Bon. Je suis content. Pour le travail, je crois que je n'ai pas le choix, lui répondit Maxime.

Docteur Legault les salua à nouveau et quitta la chambre.

— J'ai très hâte d'être à la maison, dit Maxime à Lou.

— Moi aussi Maxime, j'ai très hâte.

— Tu sais Lou, j'ai repensé à ce qui s'est passé, l'accident et tout et je réalise que je dois changer. J'avais beaucoup trop bu et je ne me rappelle de pratiquement rien. Je crois que cet accident était un signe. Il est temps que je cesse de boire. J'ai failli mourir.

— Je sais Maxime, lui répondit Lou. Mais il y avait au fond d'elle une très grande crainte car cela sous-entendait qu'elle devrait changer elle aussi.

— Tu sais que quand je décide quelque chose, j'y arrive la plupart du temps. C'est le temps ou jamais. Je dois profiter de cette pause pour le faire. Je crois pouvoir y arriver sans aller dans un centre, mais ce ne sera pas facile. Vas-tu me supporter?

Voilà. La question était posée. Lou était prise au piège. Elle aussi était alcoolique et surtout, elle s'en voulait parce que c'était elle qui avait entraîné Maxime dans ce tourbillon. Lou buvait pour être bien dans sa peau. Et elle buvait depuis plusieurs années. Bien avant de connaître Maxime. C'était maintenant devenu pour les deux une habitude bien ancrée. Ils s'engourdissaient tous les soirs. Et toute occasion était bonne pour prendre un verre. L'alcool était devenu une béquille. Et leurs familles et amis le savaient.

Maxime s'aperçut que Lou fuyait son regard.

— Lou, j'ai besoin de ton aide.

— Je sais Maxime, mais je ne suis pas sûre de pouvoir...

Et les larmes coulèrent sur le visage de Lou. Visiblement, elle était confuse. Elle finit par regarder Maxime dans les yeux et lui promit d'essayer.

Maxime avait déjà tenté d'arrêter lorsqu'il s'était rendu compte que cela lui nuisait dans son travail et au bureau. Il avait lui aussi développé une dépendance, jusqu'à devenir mal dans sa peau lorsqu'il était sobre. Il n'était vraiment pas fier de lui.

— Merci Lou.

Il prit sa main et l'embrassa doucement. Lou lui sourit enfin. Elle l'embrassa aussi avant de le quitter en lui souhaitant bonne nuit.

Maxime se demandait si Lou arriverait à cesser de boire. Elle lui avait déjà dit qu'il l'insécurisait en voulant qu'elle change et en l'incitant à arrêter de boire. Et Lou souffrait encore plus que lui de sa dépendance. Elle aurait fort probablement besoin d'aller en cure et d'adhérer aux rencontres des Alcooliques Anonymes. Quant à lui, il n'en était pas question. Il y arriverait seul. Il se sentait assez fort pour y arriver.

Maxime, accepte les embûches et cultive ta foi. Nourris-toi des obstacles. Ta destinée est déjà tracée pour retrouver la vraie liberté. Ton cœur le sait et te guide. Aie confiance car ton arrivée vers le meilleur est déjà prévue. Tu peux exercer ton libre arbitre, mais peu importent les choix que tu fais, la vie te proposera toujours d'évoluer. Tu peux prendre des virages qui t'éloignent de ton chemin, mais d'autres routes t'y ramèneront inévitablement. Tes détours te feront expérimenter et vivre ce que tu dois vivre pour comprendre ce que tu dois comprendre et avancer sur ton chemin, le chemin de la liberté, le chemin qui appartient à tout le monde. Il n'y a qu'une vraie liberté, celle du cœur relié à la source. Et sache que tu n'es pas seul, car ton cœur est allumé par la vie, par l'amour, cet amour qui ne meurt jamais et qui t'a amené ici.

Les événements qui t'arrivent, les gens que tu rencontres, tout cela est déjà prévu. Rien ne sert de combattre ou de résister. Tu dois les accepter tels qu'ils sont et comprendre leur message pour ouvrir ton cœur toujours plus. Tu peux fuir, te recroqueviller ou faiblir dans tes temps difficiles, mais lorsque ta conscience retrouvera la lumière immortelle de ton cœur et elle le fait toujours, tu te sentiras réconforté, aidé, et en paix et tu vivras l'amour pur. Tu comprendras que tu n'as jamais été abandonné et seul, et que tu t'es toi-même isolé et enfermé.

Tu viens de ma planète et tu es venu ici sur cette Terre, dans cette troisième dimension, pendant toutes ces vies, pour apprendre à aimer. Il n'y a que cela qui compte. Quand tu laisseras ta chair, il n'y aura que l'amour dans ton bagage. Après toutes ces vies sur cette Terre, après ta plus grande réalisation, tu quitteras pour d'autres exploits, ailleurs. Nous sommes tous des explorateurs.

*Tu as voulu expérimenter et aimer sur Terre, mais ne te laisse pas prendre aux jeux. **

Maxime se réveilla se rappelant en partie de son rêve. Il se sentait particulièrement heureux.

6.

— Veux-tu un verre de vin blanc Julia?, lui demanda Annie.

— Ah oui! S'il-te-plaît.

Julia était chez Annie et Justin, dans leur maison à Terrebonne, sur la rive-nord de Montréal. Julia adorait aller chez Annie. Sa maison était décorée avec goût et si confortable. Elle s'y sentait comme chez elle. Justin n'y était pas.

— Je suis si excitée par ce voyage Julia! J'ai acheté un livre qui est très complet et couvre la plupart des endroits où nous allons accoster. J'ai aussi des cartes pour l'Italie et la Grèce et beaucoup de détails sur les villes que nous allons visiter.

— Super, laisse-moi voir, lui répondit Julia.

Elles examinèrent le parcours détaillé du

bateau et s'échangèrent des livres sur chacune des destinations. Julia avait déjà fait les réservations. Elles partaient dans trois semaines. Il leur restait à faire des emplettes : maillots de bain, paréos, jolies robes de soirée. Ouf! C'était un voyage qui leur coûterait cher, mais tant pis! Ça en valait le coût. Ce voyage était très important pour Julia. C'était pour elle un nouveau départ. Elle espérait tant passer à autre chose, tourner la page. Il la guérirait peut-être.

*— Bonjour Julia!, lui dit Délia.

— C'est Délia?

— Oui Julia, je suis là.

— Quel monde merveilleux. Je me sens si heureuse de te retrouver ici.

— Je suis contente Julia que tu sois de plus en plus consciente de tes rêves. Tu pourras te souvenir et intégrer plus rapidement ce que tu comprends.

— As-tu encore peur de moi? lui demanda Délia.

— Non. Je me sens en sécurité ici avec toi, répondit Julia.

— Quand tu es reliée à ton cœur, à la source, il s'ouvre et prend de l'expansion. En as-tu conscience?

— Oui. Quand je suis heureuse, je me sens unie à tout autour de moi. C'est comme si mon énergie est tellement immense que je ne sens pas les limites de mon corps. Cela me permet de ressentir encore plus la beauté de mon environnement et les gens qui m'entourent. J'aime la beauté. Elle est très importante dans ma vie.

— En fait, dans cet état, tu peux ressentir que tu es reliée à tout. Comprends-tu que nous sommes tous connectés? Comprends-tu que nous avons tous une grande responsabilité?

— Que veux-tu dire Délia?

— Je veux dire que vous avez tous un impact, bon ou mauvais, sur les autres et sur la planète. Vous émettez sans cesse du positif et du négatif. Et c'est de la responsabilité de chacun que ce soit plutôt positif que négatif, tu ne crois pas? Si tu penses et émets du négatif, tu nuis. Si tu penses et émets du positif, tu mets de l'énergie positive, de l'harmonie et de l'amour. Tu élèves tes vibrations et influences ton environnement.

— Oui je comprends. Mais concrètement, dans la vie de tous les jours, ce n'est pas facile à faire.

— Je sais Julia. Mais ça se pratique. Ton observation et ta conscience vont te permettre d'identifier, changer et élever tes pensées, tes croyances, *tes comportements, tes attitudes et tes actions.*

— Que veux-tu dire par élever?

— Je veux dire les transformer. Vois-tu, tout est vibration. Et quand tu respires et amènes ton attention pour te relier à ton cœur, à la source, tu l'ouvres. Ce faisant, tu peux faire grandir l'amour que tu ressens. Tes pensées s'arrêtent. Tes attitudes et comportements sont positifs et aimants. Et cet état te permet aussi de te protéger du négatif qui vient de l'extérieur. Bien sûr, des difficultés peuvent survenir, mais c'est le flux de la vie et tu ne dois pas y résister. Accepte-les, parce que tant que tu n'auras pas appris d'une situation difficile, elle se présentera de nouveau à toi, jusqu'à ce que tu progresses.

— C'est complexe mais super intéressant. Et comment fait-on pour se connecter?

— Tu peux le faire en te calmant, en respirant, en méditant, en écoutant de la musique, en retrouvant ton silence intérieur, en faisant quelque chose que tu aimes. Ça ne prend que quelques minutes, tu peux le faire à tous les jours. Avec de la pratique, ça devient plus facile. Tu es venue sur Terre pour expérimenter cela et suivre le chemin du retour.

— WOW!

— *Julia, pense à cela. Je te laisse. Tu vas te réveiller. **

Puis, Julia sortit de son sommeil se rappelant de son rêve. Elle était submergée par ce que Délia venait de lui enseigner.

7.

Maxime était étendu dans sa chaise longue sur son balcon. C'était une journée magnifique et ensoleillée. Les oiseaux chantaient et roucoulaient. Le temps passé à l'hôpital lui avait permis d'entamer son sevrage d'alcool. Mais le pire était à venir. C'était un combat de tous les jours. De retour à la maison, Maxime prit encore plus conscience des fortes habitudes de consommation qu'ils avaient, Lou et lui-même. Et maintenant, il se surprenait à surveiller Lou pour qu'elle cesse de boire. Mais Lou, aussitôt rentrée de sa journée de travail, se versait un apéro malgré sa promesse faite à Maxime. Elle continuait à boire seule toute la soirée. Maxime se rendait bien compte qu'elle n'avait pas l'intention de faire ce qu'il fallait pour le supporter et pour s'en sortir elle aussi.

Il pensait qu'il devrait avoir une franche conversation avec elle et qu'il fallait qu'elle s'engage à arrêter de boire si elle l'aimait vraiment. Mais surtout, au-delà de cela, si elle s'aimait vraiment. Car elle devait le faire pour elle-même d'abord et avant tout. Il n'osait penser à ce qui arriverait si elle refusait ou était incapable d'y arriver.

Avec du recul, Maxime s'aperçut de l'effet de l'alcool sur lui, sur sa vie personnelle et professionnelle, sur ses relations. Il n'était pas totalement lui-même. Il n'était pas aussi naturel et spontané qu'avant de boire démesurément. Sa dépendance à l'alcool avait commencé à miner son amour-propre, son estime de lui-même et sa valeur. Quand il buvait, il projetait l'image de quelqu'un de gai, pimpant, jovial et aimant la vie, mais il savait très bien au fond de lui que tout cela n'était qu'apparence et qu'il donnait cette impression grâce à l'alcool qu'il buvait en quantité avec Lou. Ils aimaient beaucoup s'envoyer en l'air ensemble avec leurs amis. D'ailleurs, leurs amis leur ressemblaient.

Maxime, à force d'y penser, s'aperçut que de ne plus boire changerait complètement sa vie et ses relations. Il devait faire un grand ménage. Mais il espérait très fort conserver sa relation avec Lou. Ce serait un dur moment à passer mais ils y arriveraient.

— Mais où suis-je? Mais, mais, vous êtes une fée?, demanda Maxime.

— *Oui Maxime. Tu es dans mon monde. Tu commences à en prendre conscience. À partir de maintenant, tu devrais te rappeler de la plupart de nos rencontres. Je suis Délia, Maxime.*

— *C'est merveilleux! D'où venez-vous?* lui demanda Maxime.

— *Mon monde s'appelle Leitie. Une autre dimension que celle de la Terre. Et tu viens me voir régulièrement pour recevoir des enseignements,* lui dit-elle.

— *Tu es à l'étape de reconstruire ta vie Maxime. Tu dois te préparer aux grands changements. Planifie à long terme, selon ce qui te passionne. Visualise et désire. Ressens et fais comme si ce que tu désires était déjà accompli. Tu as soif de vivre. Suis ton cœur. Il est déjà ouvert à cause de l'accident qui t'es arrivé. Tu as frôlé la mort et tu es revenu. C'est une expérience privilégiée que tu as vécue.*

— *Oui. J'ai compris bien des choses.*

— *Maxime, respecte les gens. Respecte leur rythme d'évolution. Les gens ne changent que quand ils sont prêts. Ça doit venir d'eux.*

— *Bonne journée Maxime, je te laisse.*

— Déjà Délia?

— Oui Maxime. Repense à ce que je t'ai dit. *

Dès son réveil, Maxime comprenait la pertinence de ce que venait de lui enseigner Délia.

8.

La peau rougie par le soleil brûlant, Annie et Julia se délassaient sur le pont du bateau, tout près de la piscine. Il était bientôt l'heure de se retirer pour se doucher et s'habiller pour une autre belle soirée, en bonne compagnie, espérait Julia. Eh oui, il y avait bien quelques messieurs seuls sur ce bateau et elle n'espérait pas moins que d'en attirer un.

Julia se fit particulièrement belle, portant une jolie robe longue de couleur orangée, très moulante. Elle était fendue sur le côté, laissant sa longue jambe à la vue des curieux à la recherche de beauté. Ses escarpins la grandissaient et lui permettait une certaine démarche très sexée. Julia avait laissé sa longue chevelure blonde étalée sur ses épaules et avait, particulièrement ce soir-là, porté une attention spéciale à son maquillage. Elle aimait l'image que lui renvoyait son miroir et se sentait plutôt jolie, avec son teint lumineux et ses yeux enjôleurs. Son rouge à lèvres écarlate mettait bien en valeur son sourire blanc et parfait. Julia serait sûrement l'une des plus belles femmes de la soirée.

— Wow Julia! Tu es super!, lança Annie.

— Merci Annie! Je me sens à mon meilleur. Et toi, ce rouge te va à ravir.

Contrairement à Julia, Annie ne cherchait pas à plaire. Elle avait confiance en elle et était très heureuse avec Justin. D'ailleurs, trois jours avaient passé et elle s'ennuyait déjà de lui.

Elles se rendirent dans la grande salle à manger où leur table était déjà réservée. Un homme seul se trouvait à la table voisine. Il les regarda avec un large sourire en les saluant. Annie, gênée, lui renvoya son sourire et Julia le regarda intensément en lui souhaitant une bonne soirée. Il lui retourna son souhait en anglais. Elle se surprit en s'entendant lui demander s'il désirait se joindre à elles, sans même avoir consulté Annie, qui était mal à l'aise.

— Bien sûr, si cela vous fait plaisir, répondit-il.

Et il s'installa à leur table, très fier et confiant de passer une belle soirée.

— Mon nom est Ted. Et vous?

— Je suis Julia et voici Annie, ma meilleure amie.

Ils firent graduellement connaissance tous les trois tout au long du repas et n'importe qui dans la salle aurait pu deviner que Julia trouvait Ted très attirant. Elle le mangeait des yeux. Et Ted aussi. Annie, quant à elle, était contente de constater que Julia avait du plaisir, malgré le fait qu'elle la trouvait plutôt prompte. Annie décida de quitter tôt, après le repas, pour les laisser en tête-à-tête. D'ailleurs, le soleil l'avait plutôt fatiguée et elle désirait se reposer. Le lendemain serait une journée très captivante; elles avaient plusieurs heures d'escale à Monténégro, petit pays des Balkans et elle avait très hâte de le visiter.

— Parlez-moi de vous Julia, demanda Ted.

— Oh, je suis de Montréal et je suis une fille simple et aimant la vie, lui dit-elle, dans un anglais correct.

— J'aime la bouffe, les restaurants, prendre un verre avec des amis. Je suis infirmière et j'adore mon travail. Et toi, Ted?

— Eh bien, je suis avocat en droit corporatif dans une petite étude. Je suis comme toi. J'aime avoir du plaisir, profiter de la vie. J'adore jouer au golf, au tennis et j'ai un bateau. J'habite à Miami. Es-tu mariée ou as-tu quelqu'un dans ta vie Julia?

— Non. Je suis libre. Mon ami m'a quitté pour une autre il y a quelques mois.

— Oh, c'est triste. Tu as dû être très déçue, ajouta Ted.

— En effet, j'ai trouvé cela très difficile. Et toi, es-tu en amour avec quelqu'un? As-tu des enfants?

— Non pas d'enfants. Et moi aussi je sors d'une relation. J'ai vécu avec ma femme pendant quatre ans et j'ai décidé de la laisser. Nous étions devenus trop différents. Nous n'avions plus de projets et à la fin, nous fonctionnions chacun de notre côté. Nous nous sommes quand même laissés en bons termes.

— Vous voyez-vous encore?

— Non, pas vraiment. Veux-tu encore du vin ou quelque chose d'autre Julia? demanda Ted.

— Oui, je prendrais bien un Tequila Sunrise s'il-te-plaît.

— Viens-tu au bar avec moi?

— Certainement.

Ils s'installèrent au bar et discutèrent ainsi pendant une bonne heure. Leur intérêt l'un pour l'autre allait en grandissant. Et puis Ted demanda Julia à danser. Il y avait déjà plusieurs danseurs sur le plancher. Ted fit un chemin à Julia et la prit délicatement par la taille. C'était un *slow*. Ils ne tardèrent pas à se rapprocher l'un de l'autre. Julia était très attirée par Ted et Ted la trouvait magnifique. Elle se demandait bien qu'est-ce qu'un homme comme lui faisait seul sur un bateau de croisière. Peut-être souhaitait-il justement faire de belles rencontres. Il était tellement beau avec ses cheveux bouclés blonds et ses yeux verts. Cette danse se termina trop vite pour eux. Ils auraient souhaité continuer. D'autres musiques suivirent, beaucoup plus rythmées et ils se laissèrent aller à danser de façon effrénée. Ils étaient en sueur lorsqu'ils retournèrent s'asseoir après plusieurs danses.

— Tu danses vraiment bien Julia.

— Merci, toi aussi.

— Dis-moi Ted, qu'est-ce qui t'amène sur ce bateau de croisière, tout seul?

— Oh, je cherchais un voyage tranquille, sans trop de déplacements et j'aime la mer. J'espérais aussi faire de belles rencontres et je suis gâté...

Julia lui sourit, gênée. Le silence s'installa pour quelques secondes. Ils se regardaient et se draguaient. Julia était quand-même un peu mal à l'aise. Elle avait perdu l'habitude de flirter, mais elle espérait qu'un autre *slow* joue car elle aimait la proximité de Ted et devinait que lui aussi la désirait. Puis, Ted lui prit doucement la main sur la table. Ils se souriaient et riaient ensemble, se racontant leur vie et des anecdotes. Un autre *slow* commença. Ted se leva et la tira vers lui pour qu'elle le suive, main dans la main.

Cette fois, Ted la serra fort et elle ne protesta pas. Elle était bien dans ces bras qui la désiraient. Ted commençait à lentement lui caresser le dos. Elle adorait. Soudain, elle sentit le souffle de Ted dans son cou.

— Sais-tu que tu es très belle Julia?, lui murmura-t-il à l'oreille tout en dansant.

Julia reprit ses esprits et le regarda dans les yeux en lui souriant. Il l'embrassa sur la joue et la serra à nouveau. Nul doute qu'il avait très envie d'elle, mais Julia ne se sentait pas prête. Il y avait longtemps qu'elle avait séduit un homme. Elle décida de se calmer un peu et de rejoindre sa cabine. Le *slow* se termina et Julia regarda sa montre et vit qu'il était deux heures du matin.

— Ted, nous avons une grosse journée demain et j'aimerais aller dormir. Seras-tu de l'excursion?, demanda-t-elle.

Visiblement déçu, Ted lui répondit :

— Oui, j'y serai. On se rejoint au déjeuner?

— Bien sûr, j'y serai avec Annie.

Ted la prit par la taille, l'amenant en dehors de la salle.

— Je te raccompagne à ta cabine Julia, dit-il d'un ton ferme.

Julia ne put protester. Elle lui indiqua où était sa cabine et ils s'y dirigèrent, se tenant par la main.

— Voilà Ted, c'est ici.

Elle eut à peine terminé qu'il lui prit les lèvres dans un baiser fougueux. Julia avait vraiment envie de lui. Elle lui répondit passionnément.

— Puis-je entrer Julia? lui murmura-t-il doucement à l'oreille, en lui caressant la poitrine et en l'embrassant.

— Je crois que non Ted. Il est tard et tout va trop vite pour moi.

Ted insista un peu puis se calma. Julia lui donnait le signe très clair qu'elle ne ferait rien ce soir-là. Il ne voulut pas la brusquer et lui souhaita bonne nuit, tendrement. Elle lui rendit son baiser et s'imprégna de sa présence en le serrant dans ses bras. Ils se regardèrent, le désir dans les yeux et Ted la quitta pour aller dormir. Ils se verraient le lendemain.

Julia referma la porte de sa cabine, étourdie et n'en croyant pas ses sens. Elle aurait de la difficulté à dormir cette nuit-là, c'est certain.

9.

— Lou, est-ce que tu comprends que l'alcool est pour nous une béquille? demanda Maxime.

— Non, je refuse de l'admettre Maxime. Je ne suis pas d'accord.

— Es-tu d'accord avec moi pour dire que tu en bois tous les jours sans exception?

— Oui, mais j'en bois parce que j'aime ça.

— Et pourquoi aimes-tu ça? Pour le goût ou l'effet?

— Les deux.

— Et qu'est-ce que tu aimes dans l'effet que cela te procure?

— Mais tu le sais Maxime. Je te signale que toi

aussi, il n'y a pas si longtemps, tu aimais ça pour les mêmes raisons que moi.

— Oui mais Lou, essaie de comprendre ce que je t'explique. J'ai eu un grave accident et j'ai failli mourir. Je sais très bien que ça m'est arrivé à cause de l'alcool. Je ne ferai pas l'autruche. Ça m'a réveillé. Et je commence à mettre le doigt sur les raisons qui me motivent à boire de façon démesurée. J'ai découvert que ce n'est pas seulement pour faire la fête que je bois, même si j'ai subi ton influence...

— Oh là Maxime. Comment ça mon influence?

— Lou, mais fais-tu exprès ou quoi pour ne pas comprendre? Quand je t'ai connue, tu étais alcoolique et je me suis laissé influencer par toi. Je ne te mets pas la responsabilité sur toi, mais c'est un fait que j'ai adopté tes habitudes et ton style de vie en venant vivre avec toi. Lou, il faudrait premièrement que tu admettes que tu es alcoolique. Reconnais-le. Tu trouves ça normal de boire tes deux bouteilles de vin tous les soirs? Moi non. Et heureusement que je me suis réveillé avant qu'il soit trop tard.

— Tant mieux pour toi.

— Lou...

Lou se mit à pleurer et se leva pour se

reprendre un verre.

— Sais-tu que j'en ai besoin pour m'aider à faire mes journées. Je suis épuisée d'en discuter.

— Tu vois Lou, tu n'es pas capable de regarder la vérité en face. Tu la noies dans l'alcool. Je crois que tu devrais te faire aider et aller dans un centre de désintoxication si tu ne te sens pas capable d'arrêter par toi-même. Il faut que cette décision vienne de toi. Je ne veux pas et ne peux pas te changer. Tu pourrais envisager de prendre quelques semaines de congé.

— T'es fou! Qui te dit que je veux arrêter? cria Lou en pleurs avant de se prendre la tête entre les mains. Son visage était rougi par la colère et le désarroi.

— Penses-y Lou. Essaie de prendre du recul et trouve les vraies raisons pour lesquelles tu bois, ajouta Maxime de sa voix douce pour la calmer, car elle était en crise.

Les temps étaient très difficiles pour les deux, mais Maxime espérait que Lou s'ouvrirait les yeux et prendrait la bonne décision, probablement la plus importante de toute sa vie. Et il savait par-dessus tout que si elle ne choisissait pas la vie, c'en était fini de leur couple, car il ne ferait pas de compromis. Et ce n'est pas ce qu'il souhaitait, mais pas du tout.

Maxime s'approcha d'elle et la serra dans ses bras. Lou ne résista pas. Puis il monta se coucher.

10.

Kotor était une très belle ville médiévale du Monténégro. Annie, Julia et Ted terminèrent leur journée d'excursion avec le groupe par un excellent repas au Cesarica, restaurant reconnu pour ses fruits de mer. Toute la journée, ils avaient visité différents attraits touristiques. C'était vraiment une cité très typique du Monténégro et, malheureusement, la dernière escale de leur croisière. Julia et Annie entrevoyaient déjà la fin du voyage avec déception, mais elles décidèrent de profiter de la soirée qui s'annonçait plus qu'agréable. Annie, de son côté, avait fait connaissance avec une italienne qui parlait très bien français et avec qui elle avait plusieurs affinités. Et cela tombait bien parce que Julia n'avait d'yeux que pour Ted. Toute la journée, ils s'étaient promenés main dans la main dans la vieille ville. Cela semblait être le début d'une idylle qui, espérait Julia, se transformerait en grand amour.

Ils étaient six à s'être regroupés à l'une des tables du restaurant et il y régnait une ambiance très chaleureuse. Ils portèrent des toasts à plusieurs reprises et le vin coula à flot. Ted avait tenu à s'asseoir en face de Julia pour mieux la regarder, avec complicité. Il frôla sa jambe à quelques reprises sous la table, ce qui la fit sourire, mal à l'aise. La veille, elle s'était promis de faire l'amour avec Ted avant la fin du voyage, s'il le lui demandait. Elle le désirait ardemment. Et il était clair pour Julia qu'il la désirait tout autant qu'elle.

Ils étaient maintenant tous les deux impatients de regagner le bateau. Aussi, finirent-ils leur repas avec un bon café et furent-ils les premiers à annoncer leur retour au bateau. Les autres suivirent.

— Le ciel est si beau. Regarde toutes ces étoiles Ted, lui dit Julia en marchant vers le port.

— Oui c'est splendide.

Ted mit son bras autour des épaules de Julia, amoureusement. Cela plût à Julia. Depuis combien d'années n'avait-elle pas ressenti un tel plaisir. Mais sa vie passée n'était plus importante maintenant. De retour au bateau, ils s'assirent au bar, sur le pont, pour prendre un verre sous les étoiles. Les musiciens jouaient du blues vraiment enivrant.

— Je suis si bien avec toi Julia, murmura Ted à son oreille.

— Moi aussi Ted.

Et ils s'embrassèrent passionnément.

— J'ai très envie de toi. Veux-tu venir dans ma cabine? lui demanda-t-il.

— Julia lui chuchota un oui, à peine audible.

Ils se levèrent et se rendirent, collés l'un à l'autre, jusqu'à la cabine de Ted. Puis, encore dans le corridor, Ted plaqua Julia contre la porte et commença à l'embrasser partout. Il baissa la fermeture éclair de sa robe pour dénuder le haut de son corps et la toucher de ses yeux. Puis il lui caressa les seins. Julia le serra très fort dans ses bras et sentit son sexe dur sur son bas-ventre. Ted la retourna ensuite, lui embrassa lentement le dos et empoigna ses fesses. Des pas retentirent au loin et Ted ouvrit rapidement la porte de sa cabine pour y entrer. Derrière Julia, il la dénuda complètement et glissa sa main sur son sexe humide, le souffle dans son cou. Julia se retourna, haletante, le déshabillant pour mieux le caresser de ses longues mains douces. Puis Ted l'attira vers son lit et là, ils firent l'amour comme des bêtes une bonne partie de la nuit.

Jamais Julia ne s'était sentie femme et désirée à ce point. Aucune caresse n'était taboue. Ils montèrent au ciel plusieurs fois. Plus tard dans la nuit, Ils s'endormirent serrés l'un contre l'autre. Le lendemain matin, ils se douchèrent ensemble, refaisant éperdument l'amour. Ils ne purent plus se laisser jusqu'à la fin du voyage.

11.

Il y avait maintenant plusieurs semaines que Maxime était à la maison, au repos. Et il se portait vraiment mieux. Il avait revu son médecin et repassé des tests et tout allait bien. Sa convalescence se terminait bientôt et il avait hâte de reprendre ses activités. Depuis son accident, son adjointe Carole et Jean, son V.P., l'avaient beaucoup aidé et soutenu et Maxime leur était très reconnaissant.

Ce temps d'arrêt lui avait donné l'opportunité de repenser à sa vie, à tous les niveaux. Il était très déterminé à développer son entreprise et comptait bien doubler son chiffre d'affaires dans la prochaine année. Il avait plusieurs stratégies en tête. Il ne restait qu'à les tester et les mettre en place.

La gravité de son accident et le fait que sa vie n'avait tenu qu'à un fil l'avaient secoué profondément.

Il s'était rendu compte que la vie est fragile et précieuse. Maintenant, chaque minute comptait pour lui. Il ne voulait plus perdre de temps dans des futilités. Il désirait plus que jamais créer sa vie et sa manière de vivre comme il l'entendait, sans rien attendre des autres. Maxime savait maintenant que tout dépendait de lui et qu'il était responsable de sa propre vie et de tout ce qui lui arrivait. Et peu de gens en étaient conscients à ce point.

Maxime était fier de se sortir seul de son problème d'alcool mais il voyait bien qu'il ne pouvait convaincre Lou d'arrêter de boire. La décision devait venir d'elle. Il avait compris que chacun est responsable de soi et qu'un changement ne peut s'opérer que par la volonté de la personne elle-même. Il craignait que sa relation avec Lou se termine car sa continuité dépendait de la décision qu'elle prendrait. Si elle refusait la cure de désintoxication et qu'elle continuait à boire comme elle le faisait, rien n'irait plus entre eux, même si Maxime l'aimait toujours beaucoup.

Inspire-toi, aie des projets, expérimente, échoue, accepte, apprends. Inspire-toi, ait des projets, expérimente, réussis, nourris-toi de ta réussite, inspire-toi, aie des projets, expérimente, échoue, accepte,... Ainsi crée ta vie, pousse tes limites, ouvre ton cœur et *évolue... *

12.

Julia avait eu un retour au travail très ardu. Débordée, elle ne savait plus où donner de la tête. Et puis, il y avait Ted. Elle ne cessait de penser à lui. Ils avaient eu de la peine à se laisser, surtout Julia, et ils avaient parlé de se revoir. Mais, avant qu'ils ne se quittent, elle avait cru remarquer une certaine froideur de la part de Ted à son endroit et cette perception la tourmentait. À défaut de se voir, ils se téléphoneraient. Mais quand le reverrait-elle donc? Ted n'avait pas comme projet de venir au Canada à court terme et Julia ne prévoyait pas aller en Floride avant l'année suivante. Elle n'avait plus de vacances cette année. Elle pourrait peut-être y aller quelques jours seulement pendant la période des Fêtes de Noël. Cela lui semblait si loin. Il y avait maintenant deux jours qu'elle était de retour et elle n'avait eu aucune nouvelle de sa part. Elle brûlait d'envie de l'appeler, mais elle ne voulait pas faire les premiers pas. Peut-être était-il débordé au bureau.

Julia quitta l'hôpital après une longue journée et elle devait rencontrer Annie pour un 5 à 7. Elle avait besoin d'avoir son opinion concernant Ted. Annie, en la voyant, constata tout de suite son inquiétude.

— Veux-tu vraiment mon opinion Julia?

— Oui.

— Tu n'aimeras pas ce que je vais te dire. T'es sûre que tu veux savoir ce que je pense?

— Oui Annie, dis-le moi.

— Bon. Je vous ai beaucoup observés et il m'a semblé que votre histoire en est une de sexe. Un point c'est tout. Voilà. Je sais, je sais, peut-être pas pour toi. Mais, explique-moi une chose. Comment peux-tu, en si peu de temps, affirmer que tu es en amour fou avec lui? Votre relation a duré seulement quatre jours. Et ne viens pas me dire que tu le connais.

— Je ne suis pas une fille qui couche avec le premier venu Annie, tu le sais ça?

— Oui, je le sais, mais je crois qu'il était très attiré par toi et mon impression, c'est qu'il ne pensait qu'à coucher avec toi.

— Comment peux-tu dire ça?

— Est-ce qu'il a fait des plans concrets avec toi?

— Non.

— Est-ce qu'il t'a dit qu'il aimerait poursuivre sa relation avec toi d'une quelconque façon?

— On s'est dit qu'on s'appellerait.

— Et toi, comment tu interprètes ça? Vous êtes-vous organisés pour vous voir à court terme, par exemple d'ici les trois prochains mois? Oui ou non?

— Mmm... Non. Pas clairement.

— Est-ce qu'il t'a invité à aller le voir à Miami?

— Oui.

— Est-ce qu'il a insisté?

— Mais où veux-tu en venir Annie? Il faut laisser le temps faire les choses. Nous ne nous connaissons pas beaucoup en effet. C'est vrai que nous avions très envie l'un de l'autre. Je n'ai jamais eu d'attirance physique de la sorte avec qui que ce soit d'autre de toute ma vie.

— Mais es-tu d'accord pour dire que ça se peut fort bien que Ted considère votre relation comme purement sexuelle? Le lui as-tu demandé?

— Non, on n'en a pas discuté. On était bien ensemble, on en a profité et c'est tout.

— Julia, je ne veux pas que tu sois déçue encore une fois. Fais attention.

— Qu'est-ce que tu ferais à ma place?

— Écoute, Je ne suis pas à ta place et je suis différente de toi. Mais si j'étais toi, je tirerais ça au clair. Je l'appellerais et j'essaierais de connaître ses intentions.

— Mmm...

— Si tu es amoureuse de lui comme tu le dis, pourquoi ne lui as-tu pas fait part de tes sentiments et demandé si c'était réciproque?

— J'avais peur que sa réponse soit négative et d'être déçue, Voilà.

— Julia, sois courageuse et appelle-le. Tu seras fixée.

— Ouais, je vais l'appeler.

Julia et Annie se laissèrent en se faisant l'accolade. Annie lui demanda de la tenir au courant.

13.

— Sais-tu que tu mets notre couple en danger Maxime?

— Oui je le sais Lou. Mais on ne peut plus continuer comme ça.

— Tu veux dire que TU ne peux plus continuer comme ça.

— Lou, je t'ai expliqué de long en large ce que j'ai vécu et ma prise de conscience, mais je crois que tu ne m'aimes pas assez pour t'ouvrir et me comprendre. Tu te sens en danger parce que je te demande de considérer de cesser de boire, pour nous deux, pour les enfants qu'on veut avoir, pour notre bien-être, pour notre couple, pour être plus heureux. Et je vois bien que tu es plus dépendante de la bouteille que tu ne m'aimes. Et je ne te demande pas d'arrêter pour moi. Tu dois être forte et accepter de sortir de ta zone de confort ou plutôt de ta zone de dépendance. Je sais que ce n'est pas rien. Je connais ton histoire et tu pars de loin.

— Maxime, c'est assez! Je ne veux plus en entendre parler. Nous allons devoir prendre une décision. Nous en sommes là. Je ne vois pas d'autre issue.

Maxime était triste de constater que Lou courait à l'abîme. Il avait fait tout ce qu'il pouvait pour le lui faire comprendre, mais sa décision était déjà prise, croyait-il. Depuis quelques semaines, ils ne se parlaient presque plus et Lou rentrait souvent tard, éméchée. Maxime se demandait comment elle faisait pour travailler dans ces conditions. Elle était sur le bord de craquer. Mais peu importait la décision de Lou, Maxime serait toujours là pour l'aider et la soutenir si elle en avait besoin.

Maxime s'approcha tout près de Lou qui était assise dans son fauteuil préféré, en train de vider une bouteille de blanc, et prit son visage entre ses mains. Il la regarda droit dans les yeux et y vit tant de peine et de douleur.

— Je t'aime tant Lou, lui dit-il.

Lou demeura silencieuse mais des larmes

coulèrent le long de ses joues. Maxime, se sentant impuissant, la pria :

— Lou, ne te laisse pas couler comme ça. Reprends-toi, je vais t'aider.

Lou le poussa, lança son verre, se leva et lui cria :

— Tu fous tout en l'air, Maxime Jutras, je te déteste.

Puis elle monta dans la chambre d'amis et claqua la porte.

Le cœur de Maxime lui fit mal. Il se mit à pleurer.

*— *Je connais ta douleur Maxime car j'ai aussi été humaine. Pleure, pleure. Vide-toi de ta peine et laisse-là aller. Bientôt, tu te sentiras mieux. Tu n'es pas responsable des décisions prises par ceux que tu aimes. Ils choisissent eux-mêmes leur vie. Tu n'as pas à te sentir coupable ni à vivre de remords. Tu as tout fait pour aider ta conjointe. Elle n'est pas prête maintenant. Cela viendra. Tu es peiné parce qu'elle te déteste et que tu dois la laisser. Console-toi, car un jour elle te pardonnera. Le pardon aide aussi l'évolution et libère la victime qui entretient la rancune et le persécuteur qui hait, fait du mal et blesse. Les humains sont aussi sur*

Terre pour apprendre à pardonner.

*— Merci Délia. C'est une grande leçon. ***

14.

Julia entendit deux sonneries puis une voix un peu rauque qui répondit :

— Allo!

— Bonjour Ted! Comment vas-tu? C'est Julia.

— Oh! Bonjour Julia! Je vais bien et toi?

— Oui, je vais très bien.

— Je pensais t'appeler bientôt, lui dit Ted.

— Je voulais de tes nouvelles. Comment s'est passé ton retour?

— Oh! Boulot — Dodo — Boulot! Je travaille beaucoup ces jours-ci. J'ai du retard à reprendre. Et mon associé est parti en vacances à son tour, alors je m'occupe de quelques-uns de ses dossiers.

— Ah bon!

Julia était un peu mal à l'aise. Elle hésitait à se livrer, à parler de ses sentiments. Puis elle osa :

— Je m'ennuie de toi Ted! J'avais vraiment hâte d'entendre ta voix.

Elle attendit quelques secondes, espérant qu'il lui manifesterait des sentiments semblables. Puis Ted lui dit :

— Tu sais Julia, je voulais te remercier. Nous avons vraiment eu du bon temps ensemble, n'est-ce pas?

Le cœur de Julia se mit à battre très fort.

— Oui.

Le silence se prolongeait au bout du fil. Julia ajouta :

— Aimerais-tu que l'on se revoit Ted?

— Je ne sais pas. En fait, mes prochaines vacances seront au printemps seulement, répondit-il.

Toujours ce même silence embarrassant pour Julia. Elle lui demanda enfin :

— Mais ma question Ted, c'était : aimerais-tu

que l'on se revoit?

— Eh bien! Écoute Julia, je vais être franc. Tu as vraiment été fantastique là-bas sur le bateau. Mais nous sommes loin l'un de l'autre et je ne désire pas continuer une relation à distance. En plus, il n'est pas dans mes projets d'aller vivre au Canada.

— Mais il y a des solutions Ted. Je peux aller te voir à Noël et...

Ted l'interrompit pour lui dire :

— Je ne veux pas te décevoir Julia et je ne t'ai pas fait de promesses, n'est-ce pas? Nous avons eu du plaisir, nous avons bien baisé et pour moi c'était parfait. Et je suis convaincu que c'était pareil pour toi aussi. Tu sais, je ne cherche pas une relation sérieuse pour le moment. Je viens de laisser ma femme et je profite de ma situation. Désolé si tu as considéré notre relation autrement. Comme je te l'ai dit tantôt, je ne t'ai rien promis. Je t'aime bien mais je ne suis pas amoureux de toi.

Julia lui répondit, furieuse :

— Je me suis bien fait baiser, hein Ted? Dans les deux sens du terme. T'es vraiment un profiteur. Tu peux aller chier, trou du cul.

Julia raccrocha la ligne sur-le-champ et des larmes de rage lui montèrent aux yeux. Elle sanglota, s'en voulant de s'être fait avoir par ce salaud.

Elle tourna dans son lit jusqu'à deux heures du matin et finit par s'endormir.

— Remercie dans ton cœur pour tout ce que tu es et tout ce que tu as, le plus souvent que tu le peux. Relie-toi à ton cœur, à la source, bien plus grande que ta douleur et tu seras consolée. Tu as des choses à comprendre Julia. GRATITUDE — GRATITUDE — GRATITUDE.

— Mais Délia. Tout n'est pas rose ici, lui répondit Julia.

— Je sais Julia. J'ai vécu sur Terre à une autre époque. Julia, je ne te l'ai pas encore dit mais tu es des nôtres.

— Que veux-dire?

— Tu viens de la même planète que moi, répondit Délia. Nous nous connaissons depuis longtemps, mais tu ne t'en souviens pas.

Julia resta bouche bée.

— Nous nous rencontrerons à nouveau Julia. *

Mais Julia n'entendit pas sa dernière phrase car le téléphone l'avait réveillée...

15.

Le temps était venu pour Maxime de partir. Sachant que sa relation était sur le point de se terminer avec Lou, il avait fait des recherches pour trouver une maison meublée à louer. Il avait cherché à Outremont car il aimait ce quartier de la ville, avec ses grands arbres. Il avait été chanceux et avait trouvé une petite maison à son goût, mais à Ville Mont-Royal. Sa convalescence était maintenant terminée et il pouvait reprendre son travail.

Mais Maxime était tout de même déçu car il aurait aimé se relocaliser dans Westmount, pas trop loin de Lou, au cas où elle aurait besoin de lui. Il se sentait encore responsable d'elle, mais il devait changer ce sentiment car Lou avait exercé son libre arbitre et son choix n'allait pas dans le même sens que ce que Maxime espérait pour elle.

Il était tôt le matin et Maxime avait commencé à faire des boîtes pour déménager ses affaires personnelles. Il serait prêt à partir le lendemain. Lou sortit de la chambre d'amis et prit sa douche. Elle descendit ensuite, toute habillée, prête à partir pour le travail.

— Qu'est-ce que tu fais?, demanda-t-elle à Maxime?

— Tu dois bien t'en douter Lou.

— Oui, je m'en doute et c'est tant mieux. Je vais avoir la paix, lui lança-t-elle.

Maxime était déçu de l'attitude de Lou. Il aurait tant aimé que cela se passe autrement.

— Je t'appellerai pour régler la paperasse, lui dit Ted, décontenancé.

Lou agrippa la poignée de la porte d'entrée et sortit en la claquant. Maxime n'essaya pas de la retenir. C'était inutile. Peut-être ferait-elle un bon bout de chemin, seule. Il le souhaitait ardemment.

Lou ne vint pas dormir à la maison cette nuit-là. Maxime s'en inquiéta mais il sentait qu'il ne pouvait plus rien faire pour elle. Tout dépendait d'elle. Avant de quitter définitivement la maison, il lui laissa une note sur la table lui demandant de le contacter sur son cellulaire si elle avait besoin de lui.

16.

* Il était maintenant temps que Délia amène Julia et Maxime, ensemble dans son monde. Ils devaient se rencontrer, se connaître. Délia savait qu'ils étaient très compatibles. Chacun avait accepté d'ouvrir son cœur à la vie, à l'amour sans condition, même s'ils n'en étaient pas complètement conscients. Chacun avait guéri des blessures avec l'aide de Délia et avait retrouvé de l'énergie et de la force, auparavant bloquées. Le temps était venu pour eux de faire connaissance et d'ouvrir encore plus leur cœur pourt vivre des moments merveilleux en compagnie de Délia.

Les connaissant bien, Délia avait choisi pour eux un décor splendide qui n'existait pas sur Terre. La rencontre aurait lieu au centre d'une immense sphère dans laquelle des rayons de lumières bleutée, rose, argentée, dorée et violette seraient diffusés, de la circonférence jusqu'au centre. Ces rayons les *nourriraient. Des informations subtiles pour éclaircir la conscience et de l'énergie guérisseuse les envahiraient au centre de la sphère.*

Julia arriva la première. Elle avait bien appris à ouvrir son centre du cœur pour se relier à la source et elle était prête pour cette expérience. Maxime arriva ensuite, également prêt. Tous deux avaient beaucoup progressé au cours des dernières semaines et Délia avait remarqué que des changements positifs s'étaient produits dans leur vie, signes d'intégration.

Elle les présenta l'un à l'autre par leur prénom léitien : Goa pour Maxime et Mauia pour Julia et attendit leurs réactions.

— Qu'est-ce qui se passe Délia? Pourquoi suis-je avec Goa? demanda Julia.

— Parce que vous vous complétez bien et que le fait que vous soyez ensemble va faciliter votre expansion de conscience. Ce sera plus intense et en même temps inoubliable. Je sais que je ne vous en ai pas parlé auparavant mais il arrive, à un certain stade d'ouverture, que nous jumelons des êtres compatibles. Êtes-vous d'accord pour continuer ensemble?

— Oui, ça me va, répondit Goa.

— D'accord Délia, affirma Mauia.

— *Vous savez que votre être est déjà parfait, n'est-ce pas? demanda Délia.*

Ils répondirent tous les deux positivement.

— *Et vous savez aussi que vous êtes en train de rêver présentement?*

Ils acquiescèrent à nouveau.

— *Fermez les yeux et amenez votre conscience dans votre cœur. Entrez profondément à l'intérieur et connectez-vous à la source. Concentrez-vous sur l'énergie au niveau de votre cœur. Faites-là vibrer, faites-là s'étendre et prendre de l'expansion jusqu'à ressentir la présence de votre être de lumière et d'énergie, l'amour et le bien-être qui s'en dégagent. Imprégnez-vous de cette énergie, de cet amour, de cette paix.*

— *Que ressentez-vous? demanda Délia.*

— *Je me sens tellement bien. Je suis dans un état de béatitude. Je sens mon corps débordant d'énergie. Je me sens en paix et léger. Je ressens l'amour. Et j'aime l'amour que je ressens, répondit Goa.*

— *Et toi Mauia?*

— *Je ressens la même chose. J'aimerais pouvoir demeurer dans cet état tout le temps. Est-ce possible?*

— *Oui Mauia. Même si c'est en rêve, tu as vécu cette expérience en toute conscience et tu pourras éventuellement l'intégrer dans ta vie de tous les jours. Mais tu constateras que ce n'est pas facile. Le secret c'est d'être conscient de ton état en t'observant et lorsque tu te rends compte que tu n'es pas dans cet état expansé, arrête-toi et corrige-le. Tu sais comment le faire. Je te l'ai enseigné. Cette étape est très simple.*

— *Oui, je sais. C'est simple, mais comment je fais pour m'en rendre compte? demanda-t-elle à Délia.*

— *Observe-toi, c'est-à-dire tes émotions, tes jugements, tes réactions. Permets-toi simplement d'en prendre conscience. À partir de là, choisis de changer ton état pour adopter le bien-être en te recentrant, comme on a fait tantôt. Pratique et un jour, tu te rendras compte que tu es beaucoup plus présente à ton être. Lorsque cela se produira, il n'y aura ni futur, ni passé. Il n'y aura que l'instant présent. Et tu ressentiras la vie et l'amour intensément.*

— *Oui, mais le moment présent n'est pas toujours positif Délia et il peut même être très souffrant, mentionna Goa.*

— *Oui Goa. Mais tu as toujours le choix de rester présent à ton être ou de réagir, d'accepter ou de résister à ce qui t'arrive, de positif ou négatif. Tu as et tu auras toujours ton libre arbitre. Tu dois comprendre que la vie est un flux qui provient de la source et s'écoule dans l'instant présent. Quand tu n'es plus dans ce flux, avec le temps, tu es moins heureux, moins comblé et de plus en plus souffrant. Bien sûr, tu peux retourner dans tes souvenirs, heureux même, mais ce qu'ils te rappellent n'est plus dans la réalité, donc pas dans l'instant, pas vivant. Et vivre dans le futur pour te sécuriser dans l'instant, en espérant que tout va bien aller n'est également pas réel. Des états d'inquiétude et de tracas pour des événements à venir qui ne se réaliseront peut-être jamais ne servent à rien. Ce n'est pas ça la vie. Selon vous, qu'est-ce que la vie?*

— Je peux dire que je me sens vivante et heureuse lorsque je ressens de la joie, de l'amour, de la paix, répondit Mauia.

— Quand vous êtes présents à votre être et que vous vous connectez à la source par le cœur, vous ne pouvez qu'être heureux. Si un événement triste se produit, le bon choix consiste à accepter ce que la vie vous envoie pour évoluer. C'est moins pénible et vous guérissez plus vite. Vous acceptez en restant unis à la source, en présence de votre être ou vous décidez de changer votre situation de vie et passez à autre chose, ajouta Délia. ∗

L'heure du réveil se pointait pour Goa et Mauia et Délia mit fin à cette rencontre.

17.

Julia n'était pas allée travailler le lendemain de sa conversation avec Ted. Elle était abattue. Elle retournait dans tous les sens tout ce qui s'était dit et surtout, elle cherchait à comprendre ce revirement de la part de Ted. Elle s'avoua à elle-même qu'il ne lui avait effectivement rien promis et qu'il ne lui avait pas fait part de sentiments amoureux. Tous les deux avaient été tout simplement bien ensemble et cette histoire était en réalité une aventure excitante, sans lendemain. Ils avaient pleinement profité de leur attirance mutuelle et n'avaient pas planifié aller plus loin.

Mais Julia avait des attentes. Elle n'était pas le genre de fille à se donner sexuellement uniquement. Malgré tout, elle reconnaissait que cela avait été pour elle une belle expérience. Ted lui plaisait et elle aurait aimé savoir pourquoi il n'était pas intéressé à entamer une relation sérieuse avec elle. Il est vrai qu'il sortait d'un divorce et qu'il n'était probablement pas prêt à s'engager à nouveau dans une relation sérieuse. C'était d'ailleurs ce qu'il lui avait dit.

Le téléphone de Julia retentit et elle hésita à répondre. Elle jeta un coup d'œil à l'afficheur et constata que c'était Annie. Elle répondit aussitôt .

— Allo, Annie?

— Allo Julia! J'ai tenté de te joindre à l'hôpital tantôt et on m'a dit que tu n'étais pas entrée ce matin. Es-tu malade?

— Non. Je vais bien. J'avais juste besoin de rester seule.

Annie s'inquiétait facilement pour sa meilleure amie depuis qu'elle avait fait sa petite dépression à cause du départ de Stéphane. Elle continua :

— Est-ce qu'il y a quelque chose qui ne va pas?

— J'ai appelé Ted hier soir.

— Ah oui? Bravo. J'espérais que tu le ferais. Et puis?

— Ouf! Pas grand-chose!

— Mmm...

Annie resta silencieuse, attendant que Julia continue. Julia, la voix tremblante, lui dit :

— Je me suis fait des idées Annie.

Julia prit une grande respiration avant de poursuivre.

— Ted ne veut pas continuer notre relation. J'ai compris qu'il ne veut pas s'engager dans une relation sérieuse. Je suis très déçue. Je voulais le connaître mieux mais il n'est pas intéressé. Je crois plutôt qu'il n'est pas prêt à s'engager sérieusement, pas seulement avec moi mais avec qui que ce soit.

— Je suis triste pour toi Julia.

— Ne sois pas triste. J'espérais tant que notre relation se développe, malgré la distance. Mais je vois bien que pour Ted, ce n'était qu'une histoire de sexe. Un point c'est tout.

— Comment vous êtes-vous laissés?

— J'étais en colère. Je l'ai envoyé chier et ce matin, je regrette un peu. Mais tu sais, c'est tellement pas moi ça, avoir une relation purement sexuelle, sans amour. Je n'ai pas eu beaucoup d'aventures dans ma vie jusqu'à présent. J'ai toujours été fidèle à Stéphane durant toutes ces années et la dernière année, notre relation était plutôt tiède.

— Voyons Julia. Tu peux bien te permettre une petite aventure de temps en temps, tu ne crois pas? Vois ça positivement. As-tu eu du plaisir?

— Oui, c'est sûr! Mais j'aurais aimé que ça continue. Après mûre réflexion, j'accepte l'expérience. Je peux comprendre Ted, même s'il m'a blessée. Alors, je vais passer à autre chose maintenant. Et puis, tu sais, entre toi et moi, je suis rassurée sur le fait que je suis attirante. Ça m'a donné confiance.

— Super Julia. Je suis contente que tu le prennes comme ça. L'important c'est d'avoir du plaisir. La vie continue. D'autres occasions et d'autres gens vont se présenter et correspondre davantage à ce que tu recherches. Peut-être avais-tu besoin de sexe à ce moment-ci, dit Annie tout bêtement, en riant.

— Ouais! Ça se peut, répondit Julia en s'exclamant.

— En tout cas, j'en ai eu pour mon argent. Ça a été un très beau et bon voyage, jouissif en plus!

18.

** Délia était maintenant à l'étape de se présenter dans sa pleine splendeur à Julia et Maxime. Maxime arriva le premier et Julia les rejoignit ensuite.*

— Bienvenue Mauia et Goa!

Les deux la saluèrent. Soudain, Julia et Maxime virent devant eux beaucoup de lumière d'une très forte intensité et ils purent ensuite distinguer une femme d'une telle beauté, très grande, dans une robe longue bleutée. Sa lumière resplendit jusqu'à eux. Une indéfinissable clarté, jamais vue auparavant, émana de ses yeux et leur livra un amour incommensurable. Tous les deux ressentirent cet amour et cette paix qui se dégageaient d'elle. Il sembla à Julia et Maxime que le corps de cette femme était d'une puissance et d'une telle perfection, composé d'une énergie très concentrée. En fait, ils ne trouvèrent pas de mots pour décrire ce qu'ils voyaient et ressentaient.

— Délia? demanda Julia.

— C'est bien moi Mauia. Je me présente à vous pour cette dernière rencontre.

— C'est notre dernière rencontre Délia? demanda Maxime, déçu.

— Oui. Mais nous nous reverrons, dans un autre contexte. Je ne peux vous en dire plus.

— Délia, je m'étais attachée à toi, lui confia Julia.

— Je sais Mauia. Mais je continuerai d'être avec toi et Maxime, d'une autre façon. Ne soyez pas tristes. Gardez-moi présente en vos cœurs.

Délia se plaça entre les deux et les prit par les épaules. Elle leur demanda de fermer les yeux et tous les trois s'envolèrent dans la lumière du monde de Délia, leur monde aussi. C'était le cadeau de Délia. Ils eurent droit à un spectacle de lumières colorées, de paysages à leur couper le souffle et rencontrèrent d'autres êtres, aussi lumineux que Délia et, surtout, qui dégageaient tellement d'amour que Julia et Maxime furent émus jusqu'aux larmes. Julia et Maxime se regardèrent et se prirent par la main, amoureux de tout.

— Faites toujours briller autour de vous l'amour

et la joie qui vous habitent, leur dit Délia. Vous ferez ainsi du bien aux êtres qui vous entourent et à la Terre. *

Puis Délia ramena Julia et Maxime dans leur sommeil. Quel rêve sublime ils avaient fait. Mais, surtout, quel réveil. Tous les deux garderaient ce rêve vivant, leur vie durant.

19.

De beaux rayons de soleil inondaient le grand salon de la nouvelle maison de Maxime. Il s'assit sur le divan et se laissa envahir par leur chaleur. Il était si bien. Il se sentait en paix et adorait cette maison.

Arrêter de boire n'avait pas été facile, mais la prise de conscience que l'accident avait provoquée l'avait grandement aidé. Le goût de boire l'avait envahi de nombreuses fois et il n'avait pas succombé. Le plus difficile, c'était lorsqu'il prenait un bon repas. Il aurait aimé déguster un verre de vin. Peut-être pourrait-il se l'offrir un jour sans retomber dans la dépendance. Il l'espérait et croyait que ce serait possible dans son cas, car il avait développé cette dépendance avec Lou. Il croyait que de ne plus vivre avec elle l'aiderait. Ses habitudes changeraient et il redeviendrait lui-même.

Et Lou, sans le savoir, l'avait aidé. Au fil de sa convalescence, Maxime l'avait observée et avait compris la gravité de l'état dans lequel elle se trouvait. Il espérait que leur séparation contribuerait à la réveiller enfin et qu'elle demanderait du secours. Au bon moment, il serait là pour elle.

Lou avait eu très peur de perdre Maxime après l'accident. Mais par la suite, voyant Maxime changer, elle était devenue cinglante et méchante avec lui. Maxime en avait été très peiné. Mais maintenant, la page était tournée et Maxime se sentait libéré. Le monde était à lui. Il avait le goût de se réinvestir dans son entreprise. Il avait une bonne équipe en place et d'excellentes idées pour accroître son marché.

Côté cœur, sa relation amoureuse avec Lou était bel et bien terminée et il en avait assez d'être malheureux. Maxime avait envie de mordre à pleines dents dans sa nouvelle vie. Il s'était enfin pris en mains.

20.

Cela faisait maintenant huit ans que Julia travaillait comme infirmière dans le domaine de la santé. Et depuis quelques années, elle trouvait vraiment exécrable le système de santé. Tout était lourd. Elle travaillait souvent à l'urgence et combien de fois voyait-elle des enfants et leurs parents attendre des heures interminables, des personnes âgées en très mauvais état, perdus. Elle n'en revenait tout simplement pas. Il fallait faire quelque chose.

Depuis quelques temps, une idée lui trottait dans la tête. Il fallait désengorger l'urgence le plus possible et garder les cas compliqués qui nécessitaient des services plus poussés. Elle avait le goût de se mettre au service des gens malades. Pourquoi ne pas offrir des services de base à domicile? Elle savait que ça existait déjà mais ne connaissait pas le marché.

Julia avait invité Annie à un brunch chez elle ce dimanche matin-là. Annie sonna et entra, trempée. Il pleuvait des cordes et elle avait oublié son parapluie. Heureusement qu'elle avait son imperméable. Julia lui apporta une serviette pour sécher ses cheveux courts.

Elles savourèrent de bons croissants aux amandes chauds que Julia était allée chercher à la pâtisserie, avec une montagne de fruits, des fromages et cretons. Il y avait aussi du saumon fumé avec des bagels et un délicieux café bien corsé.

— Mais ton idée est super!, répondit Annie, enthousiasmée.

—Vraiment?

— Je pense que si ça te tente, tu dois écouter ton cœur. Et je t'avoue que je suis partante moi aussi. Tu sais, on en a déjà discuté plusieurs fois, c'est la même chose dans tous les hôpitaux de la province. C'est très, très emballant ce projet.

— Tu serais partante pour vrai?

— Absolument. J'ai besoin de plus de challenge dans ma vie. Et on s'entend bien, alors je crois qu'on pourrait faire quelque chose de bien et avoir un bel impact.

— Je suis si contente Annie.

21.

Maxime sortit en vitesse de sa Audi. Une Nissan noire venait de frapper sa voiture. Il se trouvait dans le stationnement commercial tout près de chez lui. Il se présenta à la fenêtre de l'intrus et une femme descendit sa vitre, énervée.

— Excusez-moi, j'ai accroché votre aile. Je suis vraiment désolée. Attendez, je sors, lui dit-elle.

Elle sortit et vérifia les dégâts avec Maxime.

— Regardez ici, vous l'avez bien accrochée. La peinture est partie et je vais devoir faire réparer tout ça. J'ai un constat amiable dans ma voiture, je vais le compléter, lui dit Maxime, sur un ton nerveux.

Maxime compléta le constat avec la dame qui, visiblement, était très stressée.

— C'est la première fois que j'ai un accrochage,

vous savez, lui dit-elle.

— Ne vous en faites pas. Ce n'est pas si grave. J'ai besoin de vos renseignements. Quel est votre nom?

— Patricia Vaillancourt.

— Bonjour Patricia, moi c'est Maxime.

Ils firent une pause pour se regarder dans les yeux et se saluer. Maxime s'occupa ensuite de remplir le constat avec elle et vit qu'il n'y avait aucun témoin sur place. Il fit signer le constat par Patricia, le signa et lui en remit une copie. Il s'occuperait ensuite de faire sa réclamation.

— Excusez-moi pour les problèmes que cela vous cause Maxime. Avez-vous dîné? lui demanda Patricia.

— Non, dit Maxime, surpris.

— Est-ce que je peux vous inviter pour me faire pardonner? lui demanda Patricia en lui souriant.

Maxime ne put lui dire non. Elle avait un si beau sourire. Des dents si blanches avec des lèvres très charnues, comme Maxime les aimait. Patricia lui proposa un petit restaurant tout à côté. Un petit bistro. Ils s'y rendirent à pied. Maxime la trouva vraiment sympathique.

— Qu'est-ce que vous faites dans la vie Maxime?

— Oh, j'ai mon entreprise dans le domaine des télécoms.

— Ah! Intéressant.

— Et vous?

— Je suis actrice.

Maxime fut mal à l'aise parce qu'il ne la reconnaissait pas du tout. Comme si elle avait lu dans ses pensées, elle lui dit :

— Je ne suis pas très connue ici parce que je tourne surtout à Toronto. Je travaille présentement sur deux séries.

— Vous aimez votre travail?

— J'adore.

Ils entrèrent dans le bistro et s'installèrent à une table, un peu en retrait. Ils firent connaissance tout au long du repas. À la fin, ils se tutoyaient, riaient et se racontaient des histoires personnelles. Maxime était content. Ça le changeait des conversations monotones que Lou avait l'habitude de lui tenir.

Ils se laissèrent en se serrant la main et en se promettant de se recontacter pour une sortie.

22.

C'était le début de l'été 2014. Julia et Annie avaient décidé que, pour l'instant, elles ne loueraient pas de local pour leur entreprise. Elles fonctionneraient de leur domicile. Elles avaient fait beaucoup de recherches sur internet pour connaître la concurrence et les divers services offerts sur le marché. Leur décision était prise : elles ouvraient une entreprise privée de soins médicaux et paramédicaux à domicile. Elles avaient déjà établi, grâce à leurs contacts, divers partenariats avec des intervenants variés et des cliniques médicales et étaient maintenant en mesure d'offrir toute une panoplie de services allant des prises de sang aux soins palliatifs.

Elles avaient rencontré leur avocate pour l'incorporation de leur compagnie et travaillaient maintenant à définir leurs stratégies marketing, à concevoir leur site web et des documents publicitaires concernant leurs services.

Toutes deux travaillaient très fort en dehors de leurs heures de travail à l'hôpital, car elles avaient décidé de garder leur emploi, le temps de démarrer l'entreprise. Julia quitterait la première pour débuter les opérations et Annie la suivrait plus tard, lorsque Julia serait débordée.

Julia et Annie avaient bien sûr préparé un plan d'affaires et un plan d'action. Elles essayaient le plus possible de le respecter. Elles savaient tout de même que des ajustements devraient être faits à diverses étapes. Elles étaient vraiment fières et débordaient de dynamisme face à leur projet.

23.

— Oui, j'ai aimé. Oprah Winfrey était très bonne, déclara Patricia à Maxime.

— C'était un bon sujet, même si au départ j'étais un peu sceptique, lui répondit-il.

Ils étaient allés voir un drame au cinéma : *Le Majordome* de Lee Daniels.

— As-tu faim Patricia?

— Oui, un peu. Et toi?

— Oui, je mangerais bien une pizza, et toi?

— Mmm... Oui. Tiens, un restaurant italien juste là, de l'autre côté de la rue. Est-ce que c'est encore ouvert?

— Oui, il y a des gens à l'intérieur. On va voir le

menu?

— Oui. Mmm... Il y a une grande variété de pizzas. Ça te plaît? demanda Patricia à Maxime.

—Allons-y! répondit-il.

Le serveur les installa à une table près d'une fenêtre bien décorée. L'atmosphère du restaurant était feutrée. Il y avait encore quelques clients même si la soirée était avancée. Maxime trouva Patricia très ravissante. Elle portait une robe décolletée magnifique de couleur vert pomme. Sa silhouette était mince et cette robe la mettait vraiment en valeur. Sa longue chevelure brune était relevée en chignon. Elle était vraiment mignonne. Patricia parla un peu de son travail. Mais elle était surtout curieuse au sujet de Maxime. Elle trouvait qu'il était bel homme avec son nez grec, très droit. Sa mâchoire était plutôt carrée et laissait entrevoir un tempérament volontaire et déterminé. Son corps était svelte et sa démarche rapide. Il lui plaisait beaucoup. Elle adorait les cheveux noirs et les poilus. Les hommes virils quoi.

Maxime avait déjà confié à Patricia qu'il avait vécu une séparation tout récemment. Par contre, elle n'était pas au courant des grands bouleversements qui étaient survenus dans sa vie. Maintenant, il avait le goût de partager cela avec Patricia.

—Tu me sembles plutôt un homme discret Maxime. Est-ce que je me trompe?

— Non. C'est bien moi. Je suis réservé et je ne fais pas confiance aux gens facilement. Mais avec toi, je me sens très à l'aise.

Patricia le regardait intensément dans les yeux, très attentive à ce que Maxime s'apprêtait à lui dire.

— Tu sais, la vie s'est chargée de me donner quelques leçons au cours des derniers mois. Je ne suis plus le même, j'ai beaucoup changé.

— Et qu'est-ce qui a fait que tu as beaucoup changé? Qu'est-ce qui s'est passé?

— Un accident très grave qui a chamboulé ma vie. Je dois te dire qu'avant mon accident, je trinquais tous les soirs en compagnie de Lou, ma conjointe. J'étais sobre avant de la connaître et je ne m'étais pas rendu compte, au début de notre relation, que Lou était alcoolique. J'ai adopté ses habitudes de vie et celles de nos amis, jusqu'à sombrer dans cette espèce de dépendance. Il a fallu cet accident pour que je m'en rende vraiment compte.

— Et comment est-ce arrivé?

— J'étais sorti sans Lou avec des amis et j'ai pris

la route du retour, complètement ivre. On m'a retrouvé, gravement blessé à la tête, inconscient et dans le coma. J'ai eu un traumatisme crânien et j'ai été opéré d'urgence pour éviter le pire. Ce fut une opération très risquée, mais tout s'est bien déroulé. J'ai été chanceux comme dirait le commun des mortels, mais je ne crois pas vraiment à la chance. Mon heure n'était pas venue, tout simplement. Je suis resté à l'hôpital une semaine et un mois et demi en convalescence. Après l'accident, lorsque je suis sorti du coma, je me suis rendu compte que j'avais frôlé la mort et j'ai eu très peur.

— As-tu vécu une expérience de mort imminente?

— Oui, je me suis vu dans la salle d'opération et j'ai aussi vu Lou dans la salle d'attente, complètement en désarroi. Puis, une lumière éblouissante et des êtres de lumière m'ont accueilli. J'ai ressenti tellement d'amour et de paix. Soudain, j'ai pensé que ma vie n'était pas finie, que j'avais encore beaucoup à faire et c'est tout. Je suis sorti du coma, complètement désorienté et troublé. Ensuite, je n'avais pas d'autres choix que d'évaluer ma vie, mes valeurs, mes croyances, mes conditionnements. J'ai fait cela durant ma convalescence et j'ai arrêté de boire. À la fin, je ne voyais d'autre issue que de quitter Lou pour me retrouver et avoir une vie plus saine.

— Et Lou dans tout cela?

—Mmm..., j'ai bien essayé de lui faire prendre conscience de sa maladie, mais sans succès. Il est impensable pour elle d'arrêter de boire à ce moment-ci. Je lui ai offert mon aide jusqu'à la fin, mais elle n'a pas été assez forte pour faire le bon choix. J'ai confiance qu'elle y arrivera. C'est une décision qu'elle seule peut assumer.

Patricia s'était rapprochée de Maxime sans même s'en rendre compte. Elle l'écoutait, émue.

— J'ai aussi compris qu'on ne peut forcer les autres à changer et que, paradoxalement, nous avons tous un impact subtil les uns sur les autres, que ce soit positif ou négatif, ajouta Maxime.

La pizza méditerranéenne qu'ils avaient choisie était délicieuse et ils la dévorèrent goulûment. Ils quittèrent le restaurant et marchèrent pendant près d'une heure, jusque chez Patricia. Maxime la prit par les épaules et l'embrassa doucement sur les joues. Patricia, déçue, s'attendait à plus. Ils se laissèrent en se disant qu'ils se rappelleraient bientôt pour une autre sortie. Puis Maxime prit un taxi pour rentrer à la maison.

Les deux avaient bien aimé leur soirée, mais Maxime était très prudent. Il n'avait pas, à ce moment-ci, envie d'entamer une nouvelle relation.

24.

Julia roulait gaiement dans l'allée prévue pour les cyclistes. Elle aimait tant se balader dans la ville et voir les gens s'activer. Elle s'arrêtait souvent dans les parcs pour reprendre son souffle. Elle arriva bientôt au Parc du Mont-Royal, son endroit préféré. Elle s'arrêta et amena sa bicyclette jusqu'à un gros saule pleureur. Elle fouilla dans son sac et en sortit une petite couverture jaune avec quelques friandises et de l'eau pour se revigorer. Elle s'assit au pied de l'arbre. Il faisait si beau. C'était la mi-juin. Les oiseaux chantaient et les arbres montraient maintenant du vert. Sa couleur préférée. Elle eut la visite d'un petit écureuil et lui donna quelques arachides en lui parlant.

Soudain, un homme à bicyclette se dirigea vers elle. Il portait un casque de protection. Elle se demanda si elle le connaissait. Il descendit de sa bicyclette et se tourna vers elle.

— Bonjour! lui dit-il.

— Bonjour, lui répondit Julia, méfiante.

— Belle journée n'est-ce pas? lui demanda-t-il.

— En effet, c'est une journée splendide, lui dit-elle en se demandant ce qu'il voulait.

— Permettez que je me repose un peu? C'est mon arbre préféré, s'exclama-t-il.

— Oh! Désolée, lui répondit-elle. Mais de quoi s'excusait-elle au juste?

Elle l'invita à s'asseoir. Ils restèrent quelques minutes sans parler. L'homme sortit un petit encas de son sac à dos avec une bouteille d'eau. Puis ils se présentèrent.

— Moi c'est Maxime.

— Et moi Julia. Enchantée.

— Il me semble vous avoir déjà vue dans les environs, lui dit Maxime.

— Possible. Votre visage ne m'est pas étranger.

Tous les deux avaient une nette impression de *déjà vu*. Ils étaient absorbés dans leurs pensées et contemplaient la beauté de la nature qui les entouraient et, tout à coup, ils virent une petite fée s'immiscer dans le décor, pas très loin d'eux. En même temps, Julia fronça les sourcils et cligna des yeux pour être certaine qu'elle ne rêvait pas et Maxime, la bouche bée, observa la fée, se demandant s'il rêvait. Leurs cœurs s'ouvrirent comme ils le faisaient toujours en présence de Délia puis, ils ressentirent un amour et une paix merveilleuse, comme dans leurs rêves en présence de Délia. Une grande joie les envahit et leur cœur battit à tout rompre. Délia fit à chacun ses adieux, en pensée, sa façon habituelle de communiquer avec eux. Puis elle disparut, laissant les deux perplexes. Julia et Maxime se regardèrent aussitôt, ébahis.

Maxime se rendit compte que Julia était aussi embarrassée que lui. Ils ne dirent rien pendant quelques minutes, pris de l'intérieur dans un tourbillon de pensées et de questionnements. Maxime se demandait ce qui s'était passé? Mais il s'agissait bien de Délia, telle qu'il l'avait rencontrée tant de fois dans ses rêves. Il n'en doutait absolument pas. Julia, quant à elle, se posait les mêmes questions et se demandait qui était cet homme qu'elle semblait déjà connaître. S'agissait-il de Goa?

Leurs raisonnements les amenèrent à la même conclusion. Julia était convaincue qu'il s'agissait bien de Goa, celui pour qui elle avait éprouvé ce merveilleux amour. Et Maxime était maintenant certain qu'il était en présence de cette femme rencontrée dans le monde de Délia.

Ils se regardèrent intensément quelques secondes les yeux dans les yeux, en se souriant. Ils se ressentaient profondément et se comprenaient sans même dire un mot. Ils restèrent ainsi quelques minutes et Maxime osa demander à Julia :

— Es-tu Mauia?

Julia sursauta et n'en crut pas ses oreilles. Elle avait bien entendu mais jamais elle n'aurait osé lui poser cette question, de peur de passer pour folle. Elle prit quelques secondes avant de répondre :

— Oui, et elle observa la réaction de Maxime.

Leurs cœurs battaient fort. Comment cela se pouvait-il? Comment était-ce possible? Maxime se rapprocha d'elle et lui prit la main.

— Je crois que Délia nous a fait un cadeau extraordinaire, dit Maxime à Julia.

— Oui, un cadeau fabuleux!

Ils étaient encore un peu maladroits, mais ils se confieraient certainement un jour leur expérience avec

Délia et leur voyage au cœur d'eux-mêmes qui leur avait permis d'évoluer et d'agir pour vivre plus heureux.

C'était le cadeau de Délia!

Quant à Délia, son expérience avec Julia et Maxime avait été tellement enrichissante. Elle lui avait permis à elle aussi d'évoluer. Délia souhaitait les rendre conscients de leur voyage dans son monde pour qu'ils mettent en pratique les enseignements reçus. Pour ne pas qu'ils oublient et pour qu'ils aient plus de facilité à progresser, elle les avait réunis dans leur réalité sur Terre. C'était la première fois que Délia jumelait deux êtres ouverts sur cette planète. Elle souhaitait le meilleur pour tous deux et les voulait ensemble.

Mais ce que Délia ne leur avait pas dit, et c'était préférable ainsi parce qu'elle savait qu'elle ne pouvait leur dire que ce qu'ils étaient prêts à entendre, c'est qu'elle avait une mission à accomplir sur la planète Terre et qu'elle désirait ardemment s'y incarner de nouveau. Délia souhaitait atteindre de plus hauts niveaux de compréhension et d'évolution et, vivre sur notre planète l'y aiderait. Julia et Maxime avaient un rôle important à jouer dans ce plan, car elle les avait choisis pour être ses parents. En fait, Délia les avait préparés à la recevoir, à l'aider à se développer et à grandir dans une atmosphère positive, d'amour, d'harmonie et de compréhension, libre d'œillères, de croyances négatives, de conditionnements et de jugements. Elle pourrait ainsi se réaliser et s'élever plus rapidement.

Tout devait être en place pour que Délia puisse se rappeler le plus tôt possible, dans cette nouvelle vie sur Terre, qui elle était vraiment dans son entièreté, en pleine conscience.

Et Délia ne leur avait pas dit non plus qu'elle serait l'enfant de ses propres enfants.

Ainsi était la vie...

www.ingramcontent.com/pod-product-compliance
Lightning Source LLC
LaVergne TN
LVHW051302200726
843510LV00010B/1249